SHANGHAI LITERATURE & ART PUBLISHING GROUP

故事会
精品系列

案例故事

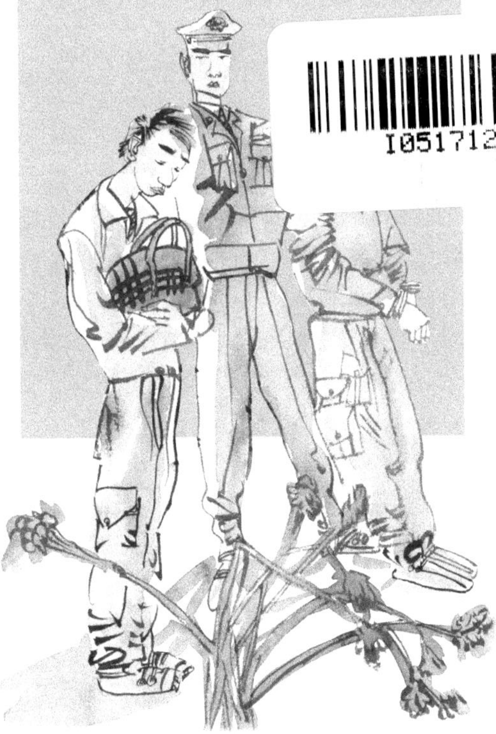

上海锦绣文章出版社
上海故事会文化传媒有限公司

上海文艺出版(集团)有限公司

图书在版编目(CIP)数据

案例故事 《故事会》编辑部编 - 上海：上海锦绣文章出版社
(故事会精品系列) ISBN 978-7-80685-960-5

Ⅰ.①案...Ⅱ.①故...Ⅲ.故事－作品集－世界 Ⅳ.I14

中国版本图书馆 CIP 数据核字 (2008) 第 019740 号

丛 书 名：故事会精品系列

书 名：案例故事

主 编：何承伟

编 委：何承伟 吴 伦 姚自豪 夏一鸣

责任编辑：刘迎曦 鲍 放

装帧设计：王 伟

责任督印：张 凯

出 版： 上海锦绣文章出版社

上海故事会文化传媒有限公司

POD 海外发行： 中国图书进出口上海公司

电话：021－36357888

传真：021－36357896

地址：上海市虹口区广中路 88 号

邮编：200083

目　　录

谎　言　欺　骗

如果怀疑别人在说假话，那么你最好假装相信。这样他就会更大胆，会编出更大的谎话，从而暴露出真面目。

真假母亲

　　亨利先生搬到小镇上已有多日,可是令他的邻居们奇怪的是,每天都能听到他上下班时向母亲告别或问好的声音,而他老母亲的面呢,却谁也没见过。亨利先生向别人解释,老母亲身体有病,常年卧床,可好心的邻居们要上门探望,却又被亨利先生坚决地阻在了门外。亨利先生说,老母亲不喜欢有生人来串门做客。

　　这天中午,亨利哼着小曲回家。他一进家门,照例冲楼上喊道:"妈妈,我回来了。"话音未落,忽然发现镇上的邮差瑞格从他家厨房里走出来。

　　"你怎么会在我家里?你私闯民宅!"亨利愤怒地质问道。

　　邮差急忙解释,刚才他送邮件路过这里,见屋内烟雾腾腾,透过厨房窗口往里一瞧,发现烤面包的电炉没有关闭,已经烧着了台布和窗帘,眼看就要酿成火灾,情急之中就砸开窗户跳了进来。

亨利有点不好意思,就向瑞格表示感谢。瑞格的口气却严厉起来:"我把火扑灭后,首先想到的是您生病的老母亲,可是奇怪的是楼上楼下竟空无一人!亨利先生,您不是跟邻居们说过,她卧病在床吗?"

亨利的脸色倏然变了:"对,她曾经是这样的,可……可她老人家已经去世了。"

"去世了?可是您刚才进门还在大声招呼……"

亨利两眼显出慌乱的神情,语无伦次地说道:"刚才……呃,这事新近才发生。呃,对不起,最近我一直精神恍惚……"

好不容易才打发走满腹狐疑的邮差,亨利浑身发抖地坐在楼梯口,心里盘算着:这里的人总爱管别人闲事,看来不能在这儿住了。

过了几天,亨利托人在加拿大买了房子,便着手申办移民手续。就在他忙着收拾行李准备搬家的时候,小镇警局的华莱士警官上亨利家来了。一进门,他就直截了当地对亨利先生说,因为镇上的人都在议论,说亨利为了得到老母亲的钱财,把她谋杀了,埋在花园里。为了证明亨利先生的清白,华莱士警官要求亨利出示医生开具的他母亲的死亡证明书。

亨利一听,气得满脸通红,浑身发抖:"诽谤,完全是诽谤!可是,警官先生,死亡证明书我拿不出来……"

华莱士警官严肃起来:"要是没有死亡证明书,那可就说明老太太死得不明不白了。"

"你们这帮该死的家伙,干吗总是想探听别人的隐私?"亨利愤愤而又伤心地呜咽起来,好长一会,才极不情愿地向华莱士警官解释。

原来亨利先生的母亲在亨利6个月大时,就丢下儿子跟人私奔了,亨利是由别人带大的。从小缺乏家庭温暖的亨利先生养成了喜欢一个人自由自在的性格,他不愿意别人打扰他的生活,就编造了有一个卧病在床、厌烦打扰的老母亲的故事。日子长了,亨利先生自己也似乎相信了这个子虚乌有的老母亲的存在,上班下班时和她说会儿话。这个老母亲从不对他说三道四,只是默默地注视着他,而他也深深地爱着她。可现在,亨利先生认为,是小镇上这帮爱管闲事的家伙杀死了他心中的母亲。

华莱士警官听罢亨利先生这离奇的解释,好长一会才说:"照你这么说,压根儿就没有什么老母亲?"

"就是这样!"亨利先生怒气冲冲地说,"你难道连这都闹不明白吗?"

"那你怎么忽然有了那么多钱购置房产,又要移居加拿大?"华莱士警官突然转了话题。

"钱?这是我中了一张储蓄债券大奖得来的钱。就在厨房着火的那一天早上,我收到了中奖通知书。这也是为什么我高兴得过了头,忘记关闭烤炉的原因。"

"原来是这样。"华莱士警官自言自语地喃喃着,踱到窗前,突然他转过身,指着窗外问:"花园里的地最近怎么锄过了?"

"是的,我刚刚种上了一些仙人掌之类的观赏植物。"

"种观赏植物?你不是就要离开这里了吗?"华莱士警官毫不放松,步步进逼,"亨利先生,你倒还挺热心公益?不过,你得跟我去警局一趟。"

华莱士警官把亨利先生带走了,亨利家的事自然就在小镇上更加传得沸沸扬扬了。就在人们对此议论纷纷的时候,警方调查结果出来了:亨利先生对华莱士警官说的那些确实是真的,而亨利那位真正的母亲,四年前还在利物浦犯了妓女拉客和诈骗罪而被判处过两个月的徒刑。

亨利先生释嫌回家了,可是他再也不愿意在这个小镇上住下去了,他赶紧办理加拿大的移民手续。可是,就在亨利将要离开的前两天,他家里突然来了一个打扮得怪模怪样的老女人。

"你是谁?"亨利先生警惕地问道。

"咯咯咯,"那女人发出了刺耳的笑声,"我的小男孩,我就是你的亲妈呀!"说着她走进屋里,环视了一阵,说:"住得不赖嘛!我从报纸上看到你中了债券大奖,正要移民去加拿大,对不对?你难道不想带我一起去吗?"

"我什么也不欠你的,因为你从来也没有照顾过我。"亨利先生仇恨地瞪视着这个老女人,声音嘶哑地说。

"噢,那是很久以前的事了,当时有个不错的小伙子,我不得不去找找乐子……"

"别说了! 你究竟想来干什么?"

"不是跟你说了嘛,和你一起去加拿大。"

"可你不是我的母亲!"亨利尽量克制着。

"我是你的亲妈。"老女人纠缠道。

"你不是!"亨利歇斯底里地吼叫着。

"我确实是你的妈妈,亨利,我的乖儿子!"老女人朝亨利扑了过来。

"我说过你不是!"亨利忍无可忍地用双手抓住她脖子,想让她停止说话。他一边哆嗦着勒紧双手,一边嘀咕着:"我母亲又漂亮又仁慈,她一直都很爱我,到现在还爱着我呢。"

老女人一阵痉挛后,亨利松开了双手,只见那老女人"砰"的一声跌倒在地,脑袋翻转过来时,嘴里那副假牙"咔嗒"一声掉在了地上……

第二天,亨利来到警局。华莱士警官正在忙公事,他看到亨利先生来了,不禁有点儿尴尬,因为先前的那件事搞得他很没有面子。

"嘿,警官先生,明天我就要去加拿大了。"亨利微笑着说。

"那很好,祝你一路顺风。"

"谢谢。可是,警官,关于我母亲的事……"

华莱士警官"啪"的一声合拢卷宗:"听着,亨利先生,我们已经向你表示过深深的歉意了……"

"不,不,跟那件事没关系。我今天是特地来告诉你……我真的杀死了我的母亲!"

"别开玩笑了。你还要说你把她埋在花园里了,呃?"

"你怎么知道的?我真那样干了。"

"很好。"华莱士警官重新打开了卷宗,不再搭理他。

"我的确是来坦白的,我犯了谋杀罪!"亨利坚持道。

华莱士警官绝望地叹了口气,站起身来说:"听着,亨利先生,对先前发生的不愉快的误会,我向你再次表示道歉。你开的小小玩笑,也值得欣赏,可我还有别的要紧事要办呢。所以,你如果不见怪的话,就请……"

"你的意思是说我可以走了吗?"

"请吧。"

"去加拿大?"

"你他妈的爱上哪儿就上哪儿去吧。"

"那好,我会走的。而且……呃……就把老太太留在花园里了。"

到了街上,亨利如释重负,他深深地舒了一口气,仰起头,朝着天空大声地说道:"好了,妈妈,去加拿大喽!"

(董　轶　编写)

(题图:箭　中)

和妻子道别

四十二岁的乔治是一家珠宝行的推销员,由于多年来出色的工作,他很得老板的信任,经常直接带着珠宝走南闯北,去给人家看样。

这天,乔治带上价值九万元的钻石又要出门了,他像往常一样和妻子玛丽道别。

玛丽忧心忡忡地说:"当心,亲爱的。"每次乔治出门,玛丽都会担心,倒不是担心他有什么危险,而是担心他有外遇。但玛丽嘴上可不这么说,"我是说抢劫,亲爱的,你带着这么贵重的东西,路上很不安全。"

乔治笑着安慰说:"我会当心的,每次我不总是平安回来的吗?"

乔治的车在高速公路上整整开了一天,进入邻省时天已经黑了,他注意到有一辆绿色轿车似乎在跟踪他,当他的车在一家汽车旅馆门口停下时,那辆绿色轿车也停了下来。乔治心里有点发麻,吃不准对方到底是什么意思,难道是冲着自己身上的九万元钻石而来?为谨慎起见,乔治决定立刻把车开往附近一个闹市区,这里离那儿只有半小时车程,而且一路上来往车辆很多,在那里找警察,比在这里要容易得多。

一路上,乔治一直注意自己车后,发现那辆绿色轿车果然紧咬着自己不放,乔治加速,他也加速。毫无疑问,自己肯定是被对方盯上了!

乔治不由紧张起来,恨不得立刻就把车开到闹市区去。可是正着急时,突然前方一排灯亮了起来,然后"绕道"的牌子也闪耀起来。真见鬼!乔治没办法,只好把车向左一拐,开上了一条次级公路。

次级公路上的灯光昏黄黯淡,隐约中,只见绿色轿车依然紧紧尾随其后,乔治开始出汗了,他吃不准对方究竟想干什么。昏暗的灯光中,他突然发现前面不远的公路旁有一条小路,他眼睛一亮,立刻加速拐了进去,他希望这条小路能通到乡村或者小镇,自己就可以先落下脚来再说,人多,对方就不敢动手。

那辆绿色轿车自然也拐了进来。现在乔治也不管它了,自顾自朝前开着。就在这时,他的车灯照到小路边一块反光路牌,只见上面写着:行人止步,贮水池。天哪!他立刻意识到自己把车开进了死路。"吱——"他不得不重重地刹车,看着路尽头贮水池平静的水面,他惊出一身冷汗。

后面绿色轿车里的人肯定猜到是怎么回事,他的车在距离乔治大约五十英尺的地方也停了下来,并且关掉了车灯。一看这阵势,乔治就知道对方绝非一般之人,便赶紧在自己的驾驶座下摸枪。

此时，绿色轿车里的那人已经下车，一只手插在裤袋里，正朝乔治走来。这一刹那，乔治猛然警醒：自己远不是那人的对手。他决定放弃开枪，把钻石交出来，请求他饶命。

乔治颤抖着从车上下来，战战兢兢地举起枪，喊着："等一等！"

可是对方借着乔治车内的灯光先看到了乔治举在手里的枪，他立刻下意识地把自己的手从裤袋里猛抽出来。就在这个时候，一种本能的自卫，让乔治不由自主扣动了扳机，只听"乒"的一声，对方倒在了地上……

四周陷入了死一般的寂静，枪从乔治手中落下来，他吓坏了！

好一会儿，乔治才回过神来，不禁心乱如麻，哪怕是自卫，他其实也不想杀人的呀！现在怎么办？首先，他得把这辆绿色轿车挪到一边，自己的车才能原路返回；其次，他想到的就是钻石，不如自己悄悄把钻石留下，然后对外就谎称被劫……

乔治努力理清思路，然后下了决心。他走到死者身边，拿起他的手枪，对着自己的车窗玻璃"乒乒"开了两枪，用袖口擦过以后，扔在那人手边。然后，他又从小口袋里倒出钻石，小心地将它们分成三堆，分别用纸包起来，又从车上找出三个信封，写上家里的住址，再贴上邮票。

做完这一切，乔治才把车倒回去，勉强挤过那辆绿色轿车，在黑暗中顺着来路缓缓地驶出去，在次级公路上开了好一会儿，他看到路边有一个邮筒，便下车把三封装有钻石的信封扔了进去，然后继续向前开。开到路口一个电话亭，他便下车报警："给我接警察局！我被抢了！"

在警察局里，一个叫杜克的警官坐在乔治对面，他反复让乔治描述这一路上发生的事："乔治先生，你是说，他们有两个人？"

乔治擦擦手掌心，说："是的，我想走小路摆脱他们，但是他们逼过来，朝我开枪。"

"你们在贮水池出了什么事？"

"就像我说过的,他们拿走我的钻石,然后逼我把车开到那条小路的尽头。我觉得他们要杀我,会把我连车带人推进贮水池里,于是我就趁他们不注意的时候,拿枪打死了其中的一个,另一个拿了我的钻石撒腿就跑,我看他钻进了路边的树丛里,可惜在黑暗中,我找不到他。"

杜克警官说:"你能活下来很幸运,我们已经和你妻子联系上了。至于那些钻石……"

乔治立刻接口道:"警官先生,发生这起抢劫案,我觉得非常遗憾。我希望我的老板能够理解,我确实想保护那些钻石,但实在是无能为力。"

这时,一位警察走进来,递给杜克警官一张便条。谁知杜克警官看完后,眼神变得奇怪起来,盯着乔治问道:"请问先生,你和你太太之间有矛盾吗?"

"矛盾?什么矛盾?没有!当然没有!我们有两个孩子。"

"那么……"杜克警官沉吟道,"她对你出差有什么疑虑吗?"

"疑虑?喔,"乔治回过神来,"不是疑虑,是担心,因为我常常带着贵重珠宝出差,所以每次出门,她都要叮嘱我'当心'。"

"真是这么回事?"杜克警官两眼冷冷地看着乔治。

乔治的手心开始出汗了:"你为什么问这个呢?"

杜克警官一字一顿地说:"乔治先生,要知道,你打死的那个人根本不是抢劫犯,他是一位私人侦探,是你太太专门雇他来跟踪你的,调查你出差期间在外面有没有别的女人。"

"什么?"房间一下子变得一片漆黑,并且开始旋转,乔治觉得喘不过气来。

他迷迷糊糊听到警官在问:"你能不能告诉我们,你把那些钻石放哪儿了?"

（李　晟）

（**题图:**王申生）

幽会之后

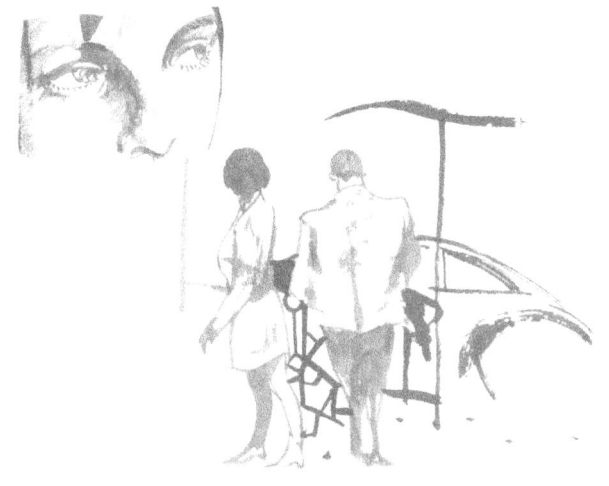

一个星期六的下午,由子走出医院。

今年刚过 40 岁的她,已是东京这所著名医院的院长,也是电视台的医学顾问和媒体上经常露脸的名人。不过,现在她却不是去电视台或报社,她要到近郊一个旅馆,去和一个叫寿田的男子幽会。

由子正准备过马路,忽然看见对面百货大楼门口的人群中有一个短发女人,一双狐狸似的小眼睛正在东张西望。由子认识那女人,正是寿田的妻子稻田芳子,由子很紧张,心在"怦怦"乱跳,头上冷汗直冒,她急忙钻进正停在路边的一辆出租车里。

坐进车厢,由子才舒了一口气。

车在马路上急驰,窗外吹来的阵阵凉风使由子乱跳的心才稍稍平静了些。由子是东京有社会地位的名人，但自从丈夫去世以后，孤寂的生活日夜折磨着她的心灵，她渴望能获取心地善良又有教养的男人的爱抚，她觉得寿田就是这样的人。

寿田早就在旅馆等由子了，由子一进门，寿田就紧紧拥抱着她，说："一个多星期没见，我想你都要想疯了！"在寿田的怀里，由子觉得幸福的暖流涌遍全身。

他俩拥抱着相依在窗前，看着窗外迷人的秋景。这时，忽然在对面一座高层公寓的阳台上，出现了一个长发披肩的少女。那少女异常醒目，一下吸引了寿田和由子的目光。突然，那少女竟然翻过阳台的栏杆，一头从阳台上跳了下去。由子惊得"啊"地叫出声来，赶紧把头伸出窗外，瞪大眼睛向下看。

这时，只见对面阳台上又出现了一个男青年，他慌张地拼命向阳台下喊叫着什么。

这惊心动魄的场面，使由子雅兴全无，她拉着寿田的手说："快，咱们还是赶快离开这里吧！"

这时，正是下午四点钟。走出旅馆，由子独自叫了辆出租车回家。一路上，她眼前老是晃动着那少女跳楼的身影，她心想：幸亏这姑娘是自杀，如果是他杀，说不定自己就得出庭作证。她不断对自己说："一切都过去了，这件事还是赶紧忘掉它吧！"

由子回到家时，窗外已是暮色浓浓、华灯初上了，独生女儿正在家里焦急地等她，见她回来了，一头扑在她怀里，哭着埋怨说："妈妈，你到哪里去了呀？哪里都找不到你，真是急死人了！"丈夫去世以后，女儿成了由子的精神支柱，成了她的一切，过分的娇生惯养，使女儿变得异常任性，但由子无法改变这些，也不想去改变她。

女儿伤心地告诉由子，说她放学后发现自己的丰田小轿车被人偷走了。

由子半点儿也看不得女儿受委屈，看着她挂满一脸泪水的脸,赶紧安慰说:"算了算了,妈妈再给你买一辆更好的。"

"可是,妈妈!"女儿十分不安地说,"我到家后看到电视新闻里说,偷我车子的人刚才四点钟的时候开着我的车撞了人,逃跑了……"

由子一听,觉得这事儿有点麻烦,女儿作为肇事车的车主,将会第一个被警署怀疑。她心头一阵颤抖,急急地问:"下午你在哪里? 在家吗? 只有你一个人在家? 有没有人给你打过电话,或者有没有其他可以证明你在家的……"

女儿只是哭,忽然泪流满面地叫起来:"妈妈,我害怕极了,我确实在家,可是,没有人可以给我证明! 妈妈,救救我! 如果警察问,你一定要说从下午三点开始就一直和我在一起。要不然,警察不相信我的话怎么办?"

看见女儿害怕得簌簌发抖的样子,由子的心碎了,她紧紧搂着女儿,生怕被抢走似的。她想,反正这案子与女儿无关,只不过是被盗用车子而已,于是便答应替女儿作伪证,并说服女儿,陪着她主动到警察署报案。

一个年轻警官认真地为她们做了笔录。

正在这时,警署的电话铃响了,年轻警官接听后对由子说:"肇事汽车在一个旧车库里找到了,显然是偷车人肇事后把车藏在那里,自己溜走了。这件事我们调查清楚之后会通知你们的,今天你们先回去吧!"

于是,由子便带着女儿回家。

当晚,女儿的脸色好看多了,很快就安然睡去。可由子却无法入睡,不知怎么,一种说不出来的恐惧缠绕着她,为了驱赶这种极度不安的情绪,她打开了电视机。

巧的是,电视里播音员正在报道由子和寿田幽会时看到的那个少女跳楼的事情。据警方调查,少女有个恋人,叫筒口清一,已经与少女订了婚,但近来不知为什么事两人突然感情破裂,那恋人完全有谋杀少女的嫌疑,现在警方已将这恋人拘留审查了。

由子一看被警方拘留的那个恋人,脑子里"嗡"的一声!原来,他就是由子看到的在少女跳楼后追出来出现在阳台上的那个青年。

由子多么想告诉警察这青年是冤枉的,她可以作证,但她终于什么也没有喊出来,她匆忙关了电视,一头扑倒在床上。是啊,由子怎么能出来作证呢?警察只要一调查,她和寿田的关系就会公开,这让她以后怎么做人?

就在这时,她房间里的电话突然响了,她从床上蹦起来,抓起话筒。

话筒里传来寿田低沉不安的声音:"你看到电视新闻了吗?"

"看到了。"

"那……我们是现场目击者,我们……"

"这个……"由子感到自己在发抖,好半天才挤出一句话,"这不大妥当吧?我们也有许多不便呢。"她放下了电话。

第二天早晨,由子强打起精神照旧准时上班。医院里病人不多,由子在办公室里正心神不定地翻着书,忽然进来一个体态玲珑的女子,她很有礼貌地自我介绍:"对不起,打搅您了,我是简口清一的妹妹……"

一听到"简口清一"这几个字,由子立刻感到一阵惶恐,他不就是电视新闻里报道的那个跳楼少女的恋人吗?

那女子说:"我哥哥的事,我想您是知道的,我恳求您出来为我哥哥作证。"

由子慌了,她不敢正视这女子的目光,强作镇静地说:"你太荒唐了,这件事我一点也不知道!"

"不!"那女子说,"我哥哥说,那姑娘跳楼时,您正在对面旅馆的窗前。您是名人,我们都认识您,这一点,哥哥已向警察说了……"

女子的话,好像给了由子当头一棒。

女子又说:"不过警察不相信我哥哥的话。我只好恳求您,一定要为我哥哥作证啊!"

由子听女子这么一说,悬起的心才稍稍放了下来,于是便冷冷地说:"你哥哥一定是看错人了。"一边说一边就向病房走去,再也不理睬那女子的哀求。

然而那女子却不死心,一整天接二连三不断地给由子打电话,由子都快要招架不住了。

晚上,由子下班回到家里,邮递员上门给由子送来一封信,并且一再抱歉地打招呼,说这信其实是前天下午到的,可是当时送了两次,她家一直没人,所以才拖到今天。

由子心里一惊:前天的下午? 不就是女儿丢车的那天? 女儿不是说她一直在家的吗? 难道她在撒谎? 由子的心情变得沉重起来……

也不知隔了多久,女儿回来了,嘴里喷着酒气,撒娇地叫着"妈妈",把滚烫的脸贴了上来。

由子拿出邮递员送来的那封信,问女儿那天下午她究竟在哪里。女儿任性地别过脸说:"就是在家嘛! 根本没有什么送信的邮递员,根本没有!"

"对妈妈应该讲真话!"由子一脸严肃。

于是,女儿忽然一头扑在沙发上大哭起来。这孩子从小就这样,从来不肯认错,一旦被揭穿就撒泼大哭。由子身子一阵颤抖,胸口撕心裂肺般的疼痛,她知道,女儿犯罪了!

女儿哭累了,便沉沉地睡去。由子的心很痛,她轻轻为女儿盖上毯子,看着女儿那张布满泪痕的稚嫩的脸,她再也忍不住自己的眼泪,她在心里说:妈妈拼死也要保护你呀!

晚上九点多钟的时候,她家的电话铃又响了,还是那个女人的声音,不过口气已经完全变了:"我再次求您为我哥哥作证。

如果我哥哥死了,我就杀死您和您的女儿!"说完,她重重地挂断了电话。

电话里传来"嘟嘟嘟"的声音,由子却还呆呆地拿着话筒。

由子再也坐不住了,她从电话簿上找到了筒口清一妹妹的家,并按地址找上门去。

只见她家的门紧锁着,里面漆黑一团。由子不知道自己究竟为什么要来找这女子,求饶吗?威吓吗?她说不清楚,只是狠命地敲门。可是,屋里没有动静。

这时,由子突然看到她家门口挂着一个蓝色的乳品箱,不知怎么,她的脑海里顿时跳出一个奇怪的念头……

第二天上班,由子迟到了,刚走进办公室,就接到警察署的电话:"那个开车撞人的男学生,已由家长陪着来自首了,当时您的女儿正坐在车上,肇事后又和同学弃车逃走,现在您的女儿已经被我们请来了。"

由子恍恍惚惚,也不知道自己是怎么来到警察署的。在大门口的石阶上,一个熟人向她打招呼,那是一个处理刑事案件的律师。由子从他口里知道,那跳楼的少女已确定是自杀,因为筒口清一的妹妹昨天发现那少女留下的遗书,晚上送到了警察署。

由子感到一阵天旋地转,几乎跌倒在地:筒口清一的妹妹昨晚在警察署?"请问他妹妹是昨晚几点到警察署的?"由子急切地问。

那律师想了想:"大概七八点吧。"

天!她七八点就到了警察署?那么,那个晚上九点多钟打电话来威胁说要杀死我的女人又是谁呢?由子不由想起了那个有着一双狐狸眼睛的短发女人……啊,是她!一定是她!

由子立即跑到路边电话亭,拨通了寿田家的电话。接电话的不是寿田,而是寿田的妻子,就是那个女人,由子一听声音,就断定打电话的一定是她。由子愤愤地问:"你就是那个要杀死我的人吗?"

"那你就是院长大人喽!"女人在电话里放声大笑,"我就是要盯着你! 是你抢走了我丈夫的心,破坏了我的家庭。哼……"那女人歇了口气,接着说:"是老天给了我机会! 你难道不知道寿田是个胆小怕事的人? 这两天他一直惶恐不安,我一追问,他就什么都说了。于是我和妹妹商量好,她去医院求你,我打电话继续盯着你……"

"什么……"由子不等她说完慌忙丢下话筒,失魂落魄地跑到街上揽出租车,她要尽快去筒口清一妹妹的家,因为今天清晨,她用两瓶有毒药的牛奶换下了她家门口乳品箱里的鲜奶,她必须立刻去取回来。

汽车在飞快地奔驰,由子浑身都在颤抖,仿佛整个世界都在旋转,她觉得自己正在向一个毁灭的深渊掉下去、掉下去……

(余　弋　改编)

(题图:箭　中)

宿怨

　　最近,格里兹小镇发生了一桩抢劫案,匪徒趁着夜色开枪打死银行解款员,抢走了 150 万美金,然后逃之夭夭。

　　根据匪徒逃跑的路线,住在那一带一个叫"汤姆"的年轻人不应该对此事一无所知,但警察再三追问,汤姆就是不肯说。

　　巧的是,这个汤姆和镇警察局奉命调查此案的菲利和希尔两名警官,是中学同学。

　　当年,汤姆在学校里是有名的胆小鬼,经常遭到菲利和希尔的捉弄,有一次,他们硬是把汤姆的内裤脱下来挂在学校的旗杆上,使之成为全校同学的笑柄。高中毕业后,菲利和希尔参了军,退役后回到镇上当警察,而汤姆依然住在河边那座孤零零的房子里,常常一个人画画、听音乐,于是,菲利和希尔"顽"性不改,就老是喜欢逮着机会捉弄他一番。

这次,当得知汤姆有可能是抢劫事件的目击证人时,菲利和希尔就乐了。他们想:让这胆小鬼作证还不容易? 只要吓唬吓唬他就行了,肯定什么都会说的。

果然,汤姆刚被带进警察局,就吓得面无血色。

菲利问他:"再问你一遍,那天晚上,你真的没有看到匪徒从你家屋前的小路经过吗?"

"这……我真的没看见,菲利。哦,不,警官。"

希尔走上来,给汤姆递了张纸巾,让他擦擦额头上的冷汗,安慰道:"老同学,你再仔细想想,匪徒抢了钱只能往河边的小路逃跑,那一带镇上很少有人去,只有你住在河边,也只有你能看到他逃跑了。"

"可……可是希尔! 哦,不,警官! 我那天在房里画画,匪徒有没有经过我真的没注意,非……非常抱歉,我想,我帮不了你们。"

希尔鼻子里"哼"了一声,心想:这小子,我得给他施加点压力才行。于是就说:"这可是个大案子啊,汤姆,你应该知道知情不报的后果!"

汤姆额头上的汗珠冒得更多了,嘴唇也有些哆嗦。

菲利想了想,拍拍汤姆的肩膀说:"老同学,我知道你胆子小,中学时你就是这样。可这次你得明白,你必须把看到的说出来,不然的话,你的麻烦会更大。我提示一下:你是否看到了杰克? 这事儿和杰克有关系吗?"

杰克是一个月前来到镇上的,他从哪儿来谁也不知道,只看到他长得高大粗壮,浑身透着一股蛮力,不但喜欢光着上身,露出胸前的文身,而且还经常喝得醉醺醺的,在大街上撒野,镇上人谁也不敢惹他。

汤姆舔了舔嘴唇,说:"好吧,那天抢劫事件发生那会儿,我确实看到了一个人,不过我不能肯定他是谁,因为天实在太黑了,而且那人隔得也远,他在河对岸的泥地里好像在挖什么东西,但这个人到底是不是杰克,我真的不知道。"

"那个人身材很大吧?"

"呃……人影很模糊,看不太清楚,好像是比较高大吧。"

"那除了杰克还能是谁呢? 镇上可没人比他再高大的了。"

"哦,也对,有可能是杰克吧!"

见汤姆这么说,希尔和菲利决定立刻到河对岸的泥地去,看看杰克到底在那里干下了什么,如果能挖到与案子有关的东西,人证物证俱在,那么就容不得杰克不承认了。于是,他们把汤姆留在警察局,两个人立刻开着警车出发了。

来到河对岸的泥地,他们四下里寻找证据。刚下过雨,地面软软的,找了半天,终于发现一根插在地上的小树枝,跟周围环境不太协调,于是两人就开始挖了起来。果然,没多久,他们就挖出了一个白色的塑料袋,打开一看,里面居然一叠一叠都是钱。

菲利和希尔还从来没有见过这么多的钱哇,顿时眼睛发亮,迫不及待地数起来。

足足有 70 万!

狂喜之下,他们又在附近发现另外两根可疑的树枝,于是又拼命地挖,总共挖出了三个袋子,里面的钱加在一起,刚好 150 万! 看来这些钱就是杰克埋在这里的了!

想想自己一辈子也赚不了这么多钱哇! 菲利和希尔气变粗了,脸也变红了,他们互相看了对方一眼,顿时萌生了把钱据为己有的念头。

他们开始考虑下一步该怎么做。首先得把杰克抓住;然后汤姆必须死;再其次,这个案子得有人来顶着。

菲利说:"如果我们故意让杰克知道是汤姆告的密,又假装一时疏忽松开杰克的手铐,再让汤姆'恰巧'走进关杰克的房间,那么……"

"那么,可怜的汤姆肯定会被杰克给撕碎的!"

"不错。我们选择适当的时机进入,击毙杰克。击毙一个正在行凶的罪犯,这对两个警察来说是无可指责的。"

"这样知情者死了,黑锅又有人来背,案子就可以了结。至于赃款,犯人死了,自然也没法知道他藏哪儿了,我们就可以安心地享用这笔钱了。"

"不错! 真是个好主意。"

两人当即达成一致意见,准备立刻回警察局,实施这个天衣无缝的计划。

他们先把钱运回家,然后迅速赶回警察局,把杰克抓起来,带到审讯室。

可杰克坐下后一声不吭。

希尔走过去大声说道:"你不承认也没用! 汤姆已经指认,那天晚上他看到你抢劫后从他房前的小路逃跑了。"

杰克一听,立刻暴跳如雷:"这个狗杂种,我非剥了他的皮不可!"

菲利和希尔见效果已经达到,便转身离开审讯室,走时,菲利故意让手铐钥匙从裤口袋里掉下来。

一切都按照计划进行得很顺利,下一步,他们得把汤姆带到审讯室去。

他们在饮料自动出售机旁找到了汤姆,希尔笑着对汤姆说:"我们果然在你说的地方找到了罪证,这回你的功劳可不小啊!"

汤姆一听,"嘿嘿"傻笑起来。

"真是个白痴!"菲利想。他接着说:"这里太热了,走,我带你去个凉快的地方吧!"

于是三人一起朝审讯室走去。

快到审讯室门口,菲利说:"就是这儿。"

三人正准备进去,突然有人从后面叫住了他们,转身一看,是三个穿警服的人,为首的竟然是汉森警长。

菲利和希尔立刻站直身子,给汉森警长敬礼。

谁知汤姆也给警长打招呼:"你好,汉森警长。"

菲利和希尔见了觉得很奇怪:汤姆怎么会认识警长呢?两人正为这突如其来的情况而发愣的时候,警长身后的两名警员突然冲上来,把他们给铐了起来。

菲利和希尔傻眼了,大声抗议:"警长,您这是干什么?"

汉森警长严厉地看着他们俩,说:"逮捕银行押运车抢劫案的罪犯啊!"

菲利一听,大呼冤枉:"警长,您弄错了,罪犯是杰克。"

"不要抵赖了!"警长说,"在你们两人的家里已经搜出了150万现金,钱上面的号码跟被抢银行的钱上面的号码是一致的;而且,还有你们的指纹。"

"警长,我们是知道线索后为尽快结案才去把钱挖出来的。那上面肯定还有杰克的指纹。"

"不对! 如果你们是为了结案去挖的,那为什么这个钱会在你们家里呢? 而且那上面除了你们,再没第三个人的指纹了。"

菲利和希尔一听,冷汗顿时下来了:"那一定是他把指纹擦掉了……警长,您要相信我们啊!"

"哼!"警长冷笑道,"汤姆已经指认,那天晚上他看到逃跑和埋钱的两个人,就是你们。"

"他撒谎! 警长,我们问他的时候,他明明说没有看到人。"

"你们两个问他,他当然不敢实话实说了,所以才会打电话给我。还有,杀死解款员的子弹我们分析过了,与你们使用的是一样的。你们抢了钱以后就把钱藏在河边的泥地里,不过,让我没想到的是,你们居然胆子这么大,敢开着警车去起赃物,还在那里留下一堆脚印。"

菲利和希尔极力想争辩,可不知道说什么,怎么说好……

当天晚上,汤姆在他那孤零零的房子里,把收音机的音量调到了最大:"哈哈,菲利和希尔那两个混蛋从小就羞辱我,欺负我,把我的自尊踩在脚下,现在他们终于为此付出代价了。我就知道他们是经不起金钱诱惑的,面对花花绿绿的钞票,他们肯定会起贪念!"

此时,杰克正坐在他对面的椅子上,他一脸懊丧地叹息着,对汤姆说:"老板,只可惜我们这次到手的 150 万美金没了。"

汤姆却是一脸灿烂的笑! 在他看来,再没有比能出心头这口多年来积压着的恶气更快活的事了!

（王　婷　改编）

（题图:佐　夫）

设 置 圈 套

　　河床越深,水面越平静。你看他外表像个老实人,心里藏着的诡计才毒辣呢。

危险的整容

　　整容博士拉尔森退休后一刻也没有闲着,他回到自己出生的小镇,开设了一家私人整容院。虽然小镇很偏僻,但由于他的名望大,所以生意仍然十分火爆。

　　半年前,拉尔森还结识了一位年轻美丽的女子,名叫玛丽,两人一见钟情,坠入爱河,三个月后结了婚。

　　一个阴雨绵绵的午后,拉尔森正坐在沙发上欣赏舒曼的乐曲,突然,响起一阵急促的敲门声。拉尔森刚拉开门,就撞进来一个彪形大汉,这汉子足足有一米九高,他的目光越过拉尔森,紧张地朝里面张望,而他的右手则一直插在裤兜里。

　　大汉没有说话,在各个房间里转悠,拉尔森紧紧跟在他的身后,一个劲地问:"先生,您有什么事?"

那大汉也不回答,待看遍了所有房间后,才冷冷地问:"这里就你一个人?"

拉尔森点点头:"我的助手休假去了。"

大汉的神色这才缓和了一些,说:"认识一下,我叫杰比。做一个面部整容,就是把我这张脸全变个模样,要多少钱?"

"一万美元。"

"要多长时间?"

"两天。"

杰比哼了一声,从兜里"刷"地掏出一叠钱,"啪"拍在拉尔森的桌子上:"这是两万美元。请你贴出告示,停业两天,为我一个人整容。"

"为什么?"

杰比两只眼睛里射出阴冷的光,狠狠地说:"跟我说话,不要问为什么。"

拉尔森耸耸肩:"好吧。那你要整成什么样子?"

杰比拿出一张照片递给拉尔森。拉尔森一看,这是个长相平平的男人,如果混入人群,立刻就会被淹没。杰比对拉尔森说:"你就照这人的样子给我做,明白吗?"

拉尔森只好为杰比做这个整容手术。他给妻子玛丽打了个电话,说这两天有手术,晚上不回去了。

拉尔森就是拉尔森,尽管心里有疑惑,但只要进入工作状态,就会全身心地扑在手术台上。几十年来,他把自己练成了一个手艺高超的整容大师,每做一次手术,都像是要把对方雕刻成一件精湛无比的工艺品。

两天后,大功告成,杰比对着镜子左照右照,十分满意。

突然,他问拉尔森:"我是不是没有必要再麻烦你了?"

拉尔森本想问他这句话是什么意思,可一看杰比眼中的凶光,话到嘴边又咽了回去,淡淡地说:"不,三个月后,我还要为你进行一次巩固治疗,否则将前功尽弃。"

"真的吗?"

"信不信由你。"

杰比狠狠盯了拉尔森一会,然后大笑着拍拍他的肩头,说:"希望你知道一句中国的成语,叫作'守口如瓶',明白吗?"

杰比走了以后,拉尔森才发觉自己的衣服都湿透了。为了放松一下心情,他打开了电视。

猛地,他被电视里的一条新闻吸引住了。只见女主播神情严肃地说:三天前,首都最大的珠宝店遭到一名男子的抢劫,被劫走的珠宝总价值约七千万美元。现已查明,那个男子名叫布莱特,有犯罪前科。如果有人能协助警察局抓到布莱特,警察局将给予二十万元赏金。接着,屏幕上出现了布莱特的照片。

"天哪,是他?"拉尔森叫起来。原来,布莱特就是这两天来他这里做整容的"杰比"。

拉尔森决定报警。他刚拿起电话,门铃响了,打开门一看,不由喜出望外:太巧了,进来的这个人正是小镇上的库兹警长。

库兹警长瞟了一眼屋里的电视,脸上露出焦虑的神情,对拉尔森说:"博士,你也看了电视吗?"

见拉尔森点头,他又接着说,"这可是个大案子呀,现在全国的警察局都在通缉这家伙,我们就怕他改头换面,那可就麻烦了。博士,你的整容院很有名,说不定他会到你这里来,如果你发现了他,请及时和我联系。"

拉尔森叹了口气,说:"警长先生,你来晚了一步,他已经走啦!"他把事情经过详细说了一遍。

警长听完拉尔森的叙述,问道:"这么说,你对布莱特所说的三个月巩固疗法,只是缓兵之计?"

"是的,我当时很害怕,怕他杀人灭口。"

"那么照你的说法,只要你不在人世,布莱特就能永远逃脱法律制裁了?"

"不不不,亲爱的警长。"拉尔森说,"我虽然给他做了整容,但是他的指纹、视网膜和外耳廓并没有动,这些人类最基本的生理特征是终生不变的,而且每个人都不相同。凭这些,他布莱特就是跑到天涯海角,你们也能找到他。我已经将他的这些生理特征记录下来了。"

"是吗?"库兹警长一把拉着拉尔森的手说,"真得谢谢你啊!对了,你没对别人讲过这些吧?"

拉尔森愣了一下:"噢,我刚才已经把这个记录发给我的老朋友舒尔法医了。"

"是吗?"库兹警长追着问,"人的生理特征就真的不能改变吗?"

拉尔森笑了,得意地说:"也不是真的一点不能改变,但这是一项超级尖端技术,目前世界上恐怕只有几个整容专家可以做,而我拉尔森就是其中的一位。"

库兹警长一听,不由伸出拇指直夸:"了不起,你真了不起!好吧,以后有事及时和我联系。告辞了!"

"谢谢你,警长先生!"

送走警长以后,拉尔森的心里总感到惴惴不安,第六感觉告诉他,事情不会这么平平安安地过去。

果然,在第五天傍晚,一个幽灵悄悄闪进了拉尔森的整容院,拉尔森头也没抬,说:"老朋友,你终于来了!"

来人是谁? 正是布莱特。

布莱特"嘿嘿"干笑了几声,说:"是的,我们的合作还没有结束嘛!"

拉尔森说:"可是,我不是告诉你三个月之后再来的吗?"

"哼,老东西! 我看了科技报刊,上面的文章说,一个人光面部整容是不行的,要让这个人从世上彻底蒸发,就得对他的视网膜、外耳廓、指纹进行手术修补，对吗？"

拉尔森抬起眼睛看了看布莱特："哦，你还真善于学习新东西呀！"

"那就请你再为我做一次手术吧，我不会亏待你的。"

"我要是不愿意呢？"

"不愿意？那好！"布莱特掏出手枪，"那咱们两个就只好同归于尽了。可我听说，你刚娶了一个年轻美貌的太太，你舍得吗？"

拉尔森考虑了半天，长长地吁了口气，抄起电话，说："让我和太太说一声。"

"啪"布莱特一把摁下了电话："不用了。你不就是想报警吗？警察一会儿就到。"

布莱特说的真没错，他话音刚落，库兹警长就迈进了拉尔森的屋子。

库兹警长朝拉尔森笑了一下，说："我来介绍一下，布莱特是我的老朋友。我希望你能识时务，为我的朋友再做一次整容，否则，你不会活着走出这间屋子。"

拉尔森摇摇头，说："警长，我早猜到了，你们是一伙的。那天你来得那么巧，我就怀疑了，所以故意透露给你一点消息，果然，你告诉了布莱特。"

库兹警长哈哈大笑起来，说："你知道就好。咱们废话少说，开始吧！"

两个黑洞洞的枪口齐齐地对着拉尔森，拉尔森只好从命。

拉尔森让布莱特躺到手术台上，为他注入了麻醉药，然后又对库兹警长招招手。

库兹警长随拉尔森走出手术室，问："什么事？"

拉尔森说，"警长，我想起了一句话：在金山面前，上帝也会疯狂。我想，如果咱两人联手，平分那七千万美元的珠宝，如何？这样，你能拿到的一定比布莱特给你的多。"

库兹警长死死地盯着拉尔森看了半天，说："珠宝在布莱特手里，我们怎么拿得到？"

"我有办法。我会让他老老实实说出来的。"

"你有什么高招？"

"催眠术。不过，你得配合我一下。"

"好吧。"

于是，拉尔森拿出一支药水，注入到针管里，然后对库兹警长说："这是进口的特效催眠药，请你帮我按住布莱特，因为这药注射时很痛，他会反抗的。"

两人回到手术室。

布莱特似乎感觉到了什么，他大声地喊："你们要干什么？"

库兹警长阴险地笑笑，说："对不起了，在金钱和朋友面前，我只能选择前者。"

布莱特要起来，可刚才注射的麻醉药已经在他的体内发生作用，他显得力不从心，库兹警长死死摁住了他。就在这时，只见拉尔森以极其迅速的动作，将原本说要给布莱特注射的药水，"吱"的一下注入到了库兹警长的胳膊上。

库兹警长一声惊叫："你——"

拉尔森义正词严地说："对不起，警长，你违背职业道德，和劫匪勾结一气，我不得不这样做……"

库兹软软地瘫了下去，嘴里骂着："你这个老狐狸……"

可几乎是同时，拉尔森听到身后传来"砰"的一声枪响，与此同时，他感到自己的腰部一阵麻木，随即力不能支倒在了地上。他回头一看，在背后朝自己开枪的，就是自己的新婚妻子玛丽，她手里举着一把手枪。

拉尔森惊呆了："玛丽，你——"

玛丽冷笑一声，说："亲爱的，布莱特是我十年的情人了，这一切都是我们计划好的。为了他抢劫以后能够成功地整容,我嫁给了你,这样就能知道你的助手什么时候去休假,便于我们行动,而库兹警长则负责监视你的行踪,不让你报警。"

这时候,躺在地上的库兹警长仿佛听到了玛丽的声音,趁着药力还没有完全发作,他迷迷糊糊中朝玛丽叫道:"亲爱的,你来得太好了,快救救我,救救我!"

玛丽仰天狂笑,对库兹警长说:"警长先生,你太让我们失望了,为了钱,你居然什么都干得出来。不过,我实在不忍心送你下地狱,好,那就送你上天堂吧!"说完,她对着库兹警长就是一枪。

拉尔森傻了,他做梦也没有想到,与自己同床共枕三个月的新婚妻子,竟是抢劫犯的情人。

玛丽同样对拉尔森举起了枪:"亲爱的,你对布莱特和警长都留了一手,却对我说了实话,那个什么舒尔法医,是根本不存在的。我要谢谢你这么信任我,我会让你死得毫无痛苦。"

望着黑洞洞的枪口,拉尔森喃喃地吐出了他在人世间的最后一句话:"你这条毒蛇!"

(范大宇)

(题图:佐　夫)

不留痕迹的谋杀

　　老富翁怀特膝下有两个如花似玉的女儿,姐姐叫珍妮,妹妹叫莉莉。怀特曾当众宣布,自己的万贯家产将平分给两个女儿。不久珍妮结婚了,嫁给了当警察的约翰。怀特在珍妮出嫁的当天实现了自己的诺言,把一半财产,给了珍妮。

　　约翰小两口婚后互敬互爱,生活十分甜蜜。一天傍晚,珍妮正准备着晚餐,丈夫带着另外一个男人回来了。约翰乐呵呵地对珍妮说:"亲爱的,我来介绍一下,这是我的好朋友杰克。"

　　珍妮抬头一看,差点叫出声来。原来,这杰克不是别人,正是珍妮的初恋情人!在大学校园里,两人曾发生过一段浪漫的恋情,后来杰克去了法国,从此音信全无。想不到,他居然会再次出现,而且还和丈夫成了朋友。珍妮心乱如麻,但她不愿意约翰知道这件事情,她像第一次见面一样礼貌地说:"您好,杰克先生!"

杰克也认出了珍妮,但他也微笑着,彬彬有礼地说:"见到您很高兴,约翰夫人。"

从此,杰克常到约翰家吃饭。约翰对他的好朋友十分信任,一点也没有觉察杰克和珍妮之间有什么问题。

一个雷雨交加的晚上,杰克在约翰家玩,约翰突然接到任务,要立即赶到警局。"杰克,今晚天气很糟糕,你留下来帮我照顾一下珍妮吧。"约翰交代了之后,就匆匆出门了。偌大的房间里只剩下珍妮和杰克,他们都有些心猿意马,外面风雨交加,屋内温馨舒适,一对旧情人开始说起过去的事情,最终旧情重生,他们紧紧地拥抱在一起……

这一夜之后,珍妮对丈夫十分歉疚,但她对杰克也同样难以割舍,真是左右为难,想不出好办法。因为担心被爱管闲事的邻居们看到,杰克和珍妮每次见面都格外小心谨慎,生怕露出破绽。珍妮也不像以前那么快乐了,她总是提心吊胆。

一天,杰克大概是多喝了几杯,在约翰家呆了很久,就是不肯走。珍妮急得要死,几乎是苦苦哀求:"杰克,明天再来吧,约翰快要回来了!"

"我,今天,不走了!"杰克边说边紧紧地搂住了珍妮。珍妮又气又急,一把推开了他,谁知杰克一个趔趄,身体往后倒了下去,头正巧撞在写字台凸出的棱角上。血立刻从他的后脑勺冒出来,他咧咧嘴,仰在地上一动不动了。

"杰克,杰克……"珍妮战战兢兢地试探了一下杰克的鼻息,顿时吓得魂飞魄散——杰克死了。

珍妮拼命地克制住自己的慌乱,她也不知道自己哪里来的力气,飞快地把杰克的尸体拖进了地窖。地窖里有很多酒桶,其中有几个是空的,她把杰克的尸体塞进了一个大酒桶,然后擦干地窖里和客厅里的血迹,干完这一切,她已经筋疲力尽,差点要昏过去了。就在这时,外面响起了敲门声,约翰在门外说:"亲爱的,我回来了。"

出事以后,珍妮提心吊胆了好几天。但幸运的是,杰克本是无父无母的孤儿,又刚刚回到国内不久,所以他的失踪并没有引起人们的注意。只有约翰为此疑惑了几天,他对珍妮说:"真奇怪,杰克那小子神秘地失踪了,我怎么也找不到他了!"

"也许,他突然有什么事情回法国了。"珍妮温柔地冲丈夫微笑着说。

约翰点了点头,算是默许了妻子的话。

就在珍妮松了一口气的时候,约翰忽然提出要出海,并找人将地窖中的酒都带进了他们的私人游艇里,装杰克尸体的那只酒桶也在其中!珍妮的心差点跳出了喉咙,但她无法阻止丈夫,只好心事重重地随约翰登上了游艇。

午餐时,约翰笑着说:"我们喝点酒吧。"说罢令人打开了一个酒桶。珍妮无奈,只能拼命地陪丈夫喝酒,希望能把他灌醉。

可喝到一半的时候,约翰突然说要换换口味,让人去把最大的那桶酒拿来。珍妮吓坏了,那里面装着杰克的尸体呀,她不顾一切地冲到酒桶跟前,一屁股坐在桶上,嚷道:"我不让你喝了!"约翰似乎生气了,将妻子推开,一定要打开那个酒桶,珍妮却死也不让他打开,两人厮打了起来。约翰终于发怒了,借着酒劲,他一脚把那个桶踹进了海里。珍妮松了一口气,随即又哭了起来。

这以后,两人还像以前一样恩爱,好像什么事情都没有发生过。

这天,珍妮的爸爸怀特七十大寿,他特意让女儿女婿回去团聚,于是两人起了个大早,驱车来到了怀特的别墅。"爸爸!"珍妮和约翰亲热地叫着。"我亲爱的孩子!"怀特高兴地迎了上去。这时,一个女孩从楼梯上跑下来,兴奋地叫道:"姐姐,姐夫。"这女孩正是珍妮的妹妹莉莉,姐妹相见分外亲热,马上唧唧喳喳地说起了私房话，家里洋溢着温馨的气氛。

午饭时，莉莉对姐姐、姐夫说："今年爸爸按照我的建议，不请其他客人，就咱们一家人好好聚一聚。"

"好呀，"约翰马上响应，笑容满面地对怀特说："爸爸，今天下午咱们出海吧。"

"好主意！"老怀特频频地点头。

莉莉在旁边又说："姐夫，爸爸最爱听惊险刺激的故事了。你们警局有什么新鲜事吗？讲给大家听听吧！"她这么一说，怀特立即迫不及待地叫女婿快讲。

约翰看了一眼珍妮，开了口："那我就讲一个最近发生的故事吧。有一个女人，趁丈夫外出工作的时间，和初恋情人私通……"听约翰讲到这里，珍妮心中一紧，不安和恐惧顿时涌上了心头。可约翰似乎毫无察觉地继续往下讲着："有一天晚上，这个女人和她的情夫吵了起来，情急之下竟然把情夫给杀了。杀人后，她为了隐瞒事实，将尸体藏在了地窖的空酒桶里。一天，她和丈夫出海，带了许多酒，那藏尸体的酒桶也在其中。那女人非常害怕，就千方百计地把丈夫灌醉，后来喝醉了的丈夫把酒桶踢进了海里，帮她掩盖了罪行……"

"这女人也太无耻了！你说呢，姐姐？"莉莉义愤填膺地对珍妮说。

珍妮苦笑了一下，没有作声。

老怀特更是气愤，怒骂："这种下贱的女人，死有余辜！"

看到怀特生气，约翰连忙劝道："您别生气！这又不是咱们家的事情，为一个无耻的女人生气，太不值得了……啊，对了，那女人和她丈夫出海的地方，我们等会儿也要经过，珍妮，到时候提醒我一下，我把那地方指给大家看。"

珍妮默默地凝视着约翰的脸，说："好吧。"她看了一眼爸爸和妹妹，平静地说，"你们先坐，我去端点儿水果来！"说罢，缓缓地下了楼。

约翰又继续讲了一些案例,怀特和莉莉都听得津津有味。

正在这时,一个女仆慌张地跑上来,结结巴巴地说:"不,不好了,大小姐她,她……"

三人飞快地冲下楼,冲进了厨房,只见珍妮浑身是血地躺在地上,右手握着一把锋利的刀。

"珍妮!"约翰凄厉地大叫,一把抱住已气绝身亡的妻子,泪如雨下,"为什么? 亲爱的,有那么多仆人,你为什么要自己切水果啊……"

一旁的怀特和莉莉更是哭得天昏地暗,一家人悲痛欲绝。

不久警察也赶到了,珍妮是割脉自杀的,但警方实在调查不出她自杀的动机,最后只得勉强归结为是不小心而造成的悲剧。

失去了珍妮,约翰终日神志不清,喃喃自语。莉莉看在眼里,伤心地对怀特说:"爸爸,姐夫他太可怜了!"怀特也心如刀绞! 是啊,他和珍妮的感情太深了! 怀特不愿失去这么好的女婿,当他看到约翰常把莉莉当成珍妮,抱住哭泣不止时,忽然有个想法:难道不能让约翰和莉莉……于是,在怀特的操办下,约翰和莉莉喜结连理。看着一对新人,怀特的心里终于感到了几丝安慰,便把所有的财产都给了唯一的女儿和善良的女婿。

洞房花烛夜,莉莉笑着对约翰说:"没想到事情这么顺利,杰克居然这么快就按我们的计划'捐躯'了,而珍妮也这么快就受不了了。"

"是呀,我们事先准备的很多方案还没有用上呢!"约翰得意地说。

在洞房外的客厅里,珍妮的遗像挂在墙上,那双大眼睛美丽动人,仿佛在留恋地望着人世间的一切……

(林潇潇 编译)

(题图:箭 中)

计 中 计

珍妮在家是个全职太太,丈夫约翰是个身手不凡的高级警探。夫妻俩住在城郊的一所小公寓里,虽不富裕,日子倒也过得平淡自在。可就在最近,珍妮平日开朗的脸上布满了愁云,变得寡言少语起来,细心的约翰察觉了妻子的变化,担心不已。

这一日,已是深夜了,珍妮正要睡去,约翰搂住了她:"亲爱的,告诉我你的心事好吗? 要知道,看着你不快乐的样子,对我真是一种折磨。"

珍妮沉默着,忽然"呜呜"地哭了起来。约翰情知不妙,一再追问,珍妮终于哽咽着说,邻居彼得老是想骚扰她,有几次甚至趁约翰外出之机企图侵犯她。

"这个老畜生!"约翰一拳砸在床头墙上,双手暴起条条青筋,"你等着,我这就去收拾他!"说着,他一个翻身,披上长大衣,推门冲了出去。

一个多小时过后,约翰心满意足地回来了。他宽衣躺下,抚摸着被窝里心神不安的珍妮,说:"宝贝,我已经狠狠教训过他了,以后他再也不会在你眼前出现了,放心吧!"

珍妮一听,脸上露出了甜甜的笑容,于是两人很快睡去。

可谁知第二天一大清早,两人就被"砰砰砰"的敲门声惊醒。约翰一开门,只见老同事托尼和两个警员站在门口。约翰诧异地问:"伙计,今天我放假你们忘了? 是不是又出了什么棘手的案子?"

托尼扬了扬手中的一张纸,说:"约翰先生,你被捕了,我们有足够的证据怀疑你谋杀了你的邻居彼得……"

"什么?"珍妮不知什么时候站在了约翰的身后,她颤抖着身子问约翰,"你……你把彼得杀啦?"

"没有! 我没有杀他! 我只是教训了他一顿而已。"约翰也是一脸的惊慌失措。

他转向托尼问道:"托尼,你不是在开玩笑吧?"

托尼一脸严肃,根本不是开玩笑的样子:"彼得真的死了,是今天一早给他送牛奶的人报的案。经过勘察,我们发现现场许多地方都有你的指纹和脚印,甚至死者的腮下、脸颊上还有你的皮肤纤维;此外,我们也已验出,死者所中的子弹,和你的佩枪相符;更重要的是,有目击证人证明,你在彼得的死亡时间范围内,也就是凌晨 1 点到 3 点这段时间内,曾经出现在他的别墅门外。"

"我没有杀人! 托尼,相信我,我只是打了他几拳!"约翰此刻几乎情绪失控,他紧紧揪着托尼的衣领。

"冷静点,伙计,我相信你又有什么用呢? 你是警察,你应该明白,现在所有的证据都对你非常不利。"托尼无奈地摇着头,

"先跟我们回警局再说吧。"他一挥手,身后的警员拎着手铐走上前来。

"不!"约翰一声大吼,猛地挥出两拳,又是一个扫堂腿,托尼和两名警员应声倒地。

约翰一把拉起珍妮夺门而出,跑了好一段路,珍妮喘着粗气停了下来:"我跑不动了,亲爱的,还是去警局吧,我不想以后过东躲西藏的日子。"

"可是,我不能回去!"约翰疯狂地抓着自己的头发,像只无助的困兽,"他们铁证如山,我会坐牢的!"

珍妮的眼里淌出了泪水:"自首吧,亲爱的,不管十年、二十年,我会一直等你的……"

"我没有杀人!我不能坐冤狱啊,你明不明白?"约翰使劲摇着珍妮的肩膀。

这时,周围忽然警笛大作,一眨眼的工夫,数辆警车已经将他们团团围住,托尼带着十多名荷枪实弹的警员赶到了。

"约翰,你已经被包围了,不要再做无谓的抵抗了。"托尼指挥着警员,十几把枪齐刷刷指向了约翰。

约翰猛地从怀里掏出手枪,一只手箍住了珍妮的脖子,另一只手用枪指着她的太阳穴。他朝托尼他们猛喊道:"你们都别过来!"

托尼大吼:"约翰,你疯了?她是你老婆!"

约翰的心抽搐了一下,低头一看,珍妮早已泪流满面:"约翰,你是不是连我也想杀了?"

"对不起,珍妮。"约翰痛苦地闭上了眼睛。就在他要扣动扳机这一瞬间,托尼的枪响了,子弹准确地从约翰的眉心穿过,珍妮仰天发出了一声撕心裂肺的尖叫……

约翰的丧事过去几个月了,珍妮的心情亦渐渐平复。这天傍晚,珍妮正在准备晚饭,又是一阵急促的敲门声传来。开门一看,是托尼。

托尼进门就问:"钱到手了吧?"

珍妮一愣:"钱?什么钱?"

托尼"嘿嘿"一笑:"记得以前约翰跟我说起过,干我们这行是提着脑袋过日子,说不定哪天就一命呜呼了,所以他早早就给自己上了重金保险,只要一出事,他的妻子就可以得到一大笔赔偿。"

珍妮这才明白过来,她尴尬地朝托尼笑笑,说:"保险公司前天已经把钱送过来了,谢谢你的关心。"

"不错,约翰的保险金是应该由妻子获得。但是……"托尼沉吟片刻,一字一顿地继续道,"如果约翰是被他的妻子亲手害死的呢?"

珍妮心中猛地一惊:"你说什么呢?我不明白。"

"太太,在我面前就不用演戏了。"托尼紧紧盯着珍妮的双眼,"约翰正是掉进了你精心布置的陷阱里。"

托尼犀利的眼神使得珍妮直感到脊背一阵阵发凉,但她很快镇定下来:"托尼,如果你再乱说话,我这里可不欢迎你了。"

"我是在乱说话吗?那我重复一遍你的计划好了。"托尼冷笑着,"你哄骗约翰去打彼得,让他在现场留下指纹和脚印。等他回来睡下之后,你换上他的大衣、皮帽和皮鞋,还戴上了手套,用他的枪去杀死老彼得。你还没忘记故意在离开时让人'目击'你的出现,好让他帮你指证约翰,对吧?"

"你胡说!"珍妮气急败坏地嚷道,"难道你认为我会为了保险金而害死自己的丈夫吗?"

"当然不只是保险金,还有老彼得的一大笔遗产。"托尼步步进逼,"你撒谎!根本不是老彼得调戏你,你本来就是老彼得的情妇。你知道老彼得是个腰缠万贯且孤身一人的老富商之后,就主动投怀送抱;但不久后你就发现,他其实是个一毛不拔的吝啬鬼,他只许诺在死后让你做他的遗产继承人,于是你便设下阴谋,利用约翰去除掉老彼得。这样,既能得到约翰的一大笔保险金,还可以提前得到老彼得的遗产。真是一举两得哇!"

珍妮浑身颤栗,脸变得惨白:"你……你是怎么知道的?"

"嘿嘿!"托尼一声冷笑,"老彼得在挨了约翰一顿打之后,担心再遭不测,立刻立下了一份遗嘱,作为遗产的交代。在遗嘱中,他说明已经委托律师在他死后将遗产全部转入他的至爱珍妮的名下……"

"哈哈哈……"珍妮听到这里,猛然发出一串狂笑,她打断托尼的话头,说,"佩服,佩服,你不愧是神探,比起约翰那个头脑简单的家伙,你确实强多了,我的一切都被你看透了。但是,就算我承认了,又怎么样? 这一切都只是你的推论而已,那份遗嘱充其量只能证明我对约翰的不忠。至于我阴谋杀人,你根本一点证据都没有!"

"我的话还没说完呢,想不想看看我今天给你带来了一份什么样的礼物?"托尼一边说着,一边就从口袋里掏出一盘录音带,走到珍妮放在客厅的录音机前,插进去,按下了播放键。

只听老彼得的声音从录音机里传了出来:"啊! 珍妮,是你? 你拿着枪想干什么?"接着是珍妮恶狠狠的声音:"老东西,跟了你这么久,我却仍然一无所得! 是该你松手的时候了,让我来终结你吧! 顺便终结我那个无能的丈夫!"只听见"嗖"的一声消音手枪的闷响声,老彼得发出一声低沉的哀号……

"你一定没有想到吧?"托尼望着目瞪口呆的珍妮,得意地说,"老彼得是用录音的方式留下遗嘱,可当他刚录完成,还没来得及关上录音机的时候,乔装的你就迫不及待地登场了。"

珍妮不得不低下头,双手无力地垂了下来:"我输了,我输得一败涂地。但我不明白的是,为什么你不把这盘录音带公开出去?"

"因为约翰必须死!"托尼狞笑着说,"约翰平时一直和我作对,他掌握了我大量贪污舞弊和受贿的证据,我正苦恼着没有办法解决他。上帝对我实在太好了,居然有人帮我设下这么完美的陷阱,让我可以名正言顺地杀人灭口。现在,你别无选择,马上把约翰的保险金,还有你不久后可以拿到的彼得的遗产,一分不少地交到我手上,否则,你只能坐上电椅去见你的约翰和彼得!"

珍妮感觉自己好像一片秋天的落叶,天旋地转,软绵绵地瘫在了地上……

（林　涛　改编）

（**题图:佐　夫**）

上钩的鱼儿

山本是个心理医生。这天,他的私人诊所里来了一个穿戴很体面的男人,山本热情地招呼他:"先生,我乐意为你效劳!"

男人脸上没有任何反应,冷漠地反问一句:"我能相信你吗?"

根据以往的经验,山本猜测这个男人心中一定是被什么恼人的事情纠缠着,于是便用温和的口气对他说:"怎么对你说好呢,我希望你能明白,我的职责只是通过心理治疗,让一些心灵上备受痛苦的人回到正常的状态中来。"

男人踌躇了一会儿,试探着问:"如果你的病人是个罪犯,你会把他送到警察局去吗?"

"废话!"山本大声说,"我的病人有绝对的隐私权,在这里,他只是一个患有心理障碍的普通病人,仅此而已。好了,先生,现在你可以放心地对我说说你心里的痛苦了。"

山本话音刚落,男人立刻变得轻松起来,他长长地舒了口气,接着便一五一十把自己的事情说了出来。

这男人叫光田,是个银行经理。不久前的一个晚上,他开车和朋友彼得出去,回来的路上由于车速太快,撞倒了一个人。光田本想下车看看,彼得说反正天黑没人看见,还是快跑吧,光田一想也是,就听了彼得的话。可谁知从此以后,彼得就常常借故向光田借钱,开口就是五万、十万的,如果光田不给或是晚给了一点,彼得就以要告发撞车事件来威吓他。前几天,彼得索性一开口就要 200 万,说是一次性把事情做个了结。光田清楚:彼得绝不会就这么善罢甘休的,可不答应吧,又怕他把事情说出去。迫于无奈,只好把他杀了。

光田对山本说:"医生,我从来没有被整得这么糟糕过,自从杀了彼得之后,那家伙的灵魂就老是来纠缠我,晚上,我只要一闭上眼睛,就会看到他挥舞着拳头来恐吓我,再这样下去,我肯定会疯掉。拜托了,医生,请你无论如何把我从这种痛苦中解救出来吧!"光田一面说,一面双手拼命按着胸口,全身不住地颤抖。

看到光田这么痛苦的样子,山本心里禁不住暗暗叫好。山本其实是个惯用病人的隐私来为自己敛财的家伙,他一听说光田是银行经理,如今杀人犯下了案子,就知道这种人是最好摆布的了。他决定好好把这个有钱又有把柄的客户留住,狠狠赚他一笔。

山本喝了口水,装模作样地安慰光田说:"先生,我很理解你不能做正常人的痛苦,但事情还不至于那么糟糕,请你冷静点儿,犯不着为你朋友彼得那样的混蛋而自责。以我的眼光来看,你的行为其实很勇敢……"

"勇敢?"光田惊愕地问,"难道你认为我该杀他么?"

"如果换成我,可能也会这么做,真的。"山本说,"站在常人的角度,我和你一样,对彼得的行为深恶痛绝,彼得应该要为他可恶的行为付出代价,也许死亡是他最好的归宿。"

"真的?"光田像个孩子似的天真地问道,脸上的表情已经比刚才开朗了许多。

山本点点头:"所以,从今天开始,你再也不需要有任何罪孽感,你应该振作起来,开始崭新的生活,忘掉那些不堪回首的事情。请相信我,我会帮助你渡过这一关的!"说完,山本领着光田走进了他的心理治疗室。

从这以后,光田就经常到山本的诊所来。在山本的治疗下,光田的精神恢复得极快,当然,山本也从光田那里得到了大把大把的钞票。

这天,山本正在琢磨该如何继续从光田身上赚得更多的钱,突然光田匆匆跑来找他,脸色很差,精神也不好,进门就对山本说:"医生,我又遇到难缠的事儿了。"

山本一愣:"什么事?"

光田说:"又是敲诈。"光田告诉山本,他原先并不知道,其实在杀死彼得的同时,没想到彼得其实还逮到机会敲诈了另外一个叫小山的人,彼得让光田送去 200 万的时候,小山也给彼得送钱来,是光田先到,所以光田干掉彼得的情景就完全落到了小山的眼里。小山现在就趁机敲诈起光田来,要光田今晚一次性把 500万送到指定的地方,否则就把他干掉彼得的事告发到警局去。

光田苦恼而又无助地朝山本两手一摊:"唉,我怎么这么倒霉哪!"

山本问他:"你知道小山是怎样一个人吗?"

光田摇摇头:"不知道。"

山本神情严肃地说:"被人勒索确实是一件棘手的事情,不过在没有弄清楚对方的身份之前,你最好不要轻举妄动。我看,你还不如先把钱给了他再说。"

"你说什么?"光田愤怒得浑身直打颤,"我绝不能这么便宜了他!"

"那你怎么办?"山本不由提高了嗓门,"难道你再把他也杀了?"

光田一听"杀"字,浑身就像被抽去了筋骨,立刻瘫软在沙发上。

山本看了他一眼,缓和了一下口气,说:"根据我个人的分析,敲诈者一般有两种,一种是像彼得那样永远纠缠下去,另一种是达到目的见好就收。毕竟两种都是犯法,所以现在你还是等一等的好,如果他是属于后一种,那就权当你500万买个了断,总比被抓到警局去好。"

光田一面听着,一面嘴里喃喃自语:"看来也只有这么办了。"

看着光田失望地走出诊所的背影,山本又在背后叫住了他:"这样吧,我给你出个主意。你在给他钱的时候,再给他一个警告,你可以在放钱的袋子里放一把刀,他若是肯收手的话,应该会明白钱上放刀的意思。"

光田想了想,点了点头。

当晚,按照约定的时间,光田把钱送到了指定的地方,然后迅速离开。大约过了一个小时以后,就有一个黑影摸了过来,拎起一整袋的钱,晃晃放在钱上面的那把刀,忘形地笑了。

可就在这时,"晚上好,山本医生!"一声问候从背后传来,那黑影吓得差点跌倒在地上。

不错,黑影人确实是山本医生,可喊话的竟是光田。

没等山本从惊愕中清醒过来,光田就开口说:"你也太狠了吧,一开口就是500万。"

山本一脸迷茫:"你怎么知道是我?"

"哈……"光田笑了,"为了让你上钩,我足足花费了两个月的时间。"

山本摸着脑袋,不明白光田这是什么意思。

光田说:"你还不明白吗?这只是个圈套。"

山本神色大变:"圈套?难道你说的所有的事情都是假的?"

"哈哈哈!"光田大笑起来,"是真是假你以后自然会明白。可是山本医生,你也未免太粗心了吧,你不看看你手里的这把刀和这个钱袋?"

借着月色,山本低头仔细一看,这才发现自己手上握着的这把刀上沾满了鲜血,再扒开铺在钱袋上面的钱,下面居然是一颗血淋淋的人头。山本不禁失声尖叫起来:"这……这就是被你干掉的彼得?"

光田"嘿嘿"冷笑一声:"你很聪明,对,他就是彼得,我让他多活了些日子,把死期延迟到了今天。"

"你想怎么样?"山本显得有点惊慌。

光田说:"现在这刀和钱袋上都有了你的指纹,刚才我又给你拍了照,只要把这些证据交到警察局,那么明天全市的人都会知道你山本医生是个杀人凶手……"

山本感觉自己掉进了一个冰窟窿里,他挣扎着问:"告诉我,你的目的究竟是什么?"

光田冷冷地说:"彼得几乎让我变成了穷光蛋,现在我身上除了一只照相机和一把手枪,什么也没有了。你可以借我500万吗?你放心,我不是无赖,我不是靠敲诈过日子的人,你我的交易是一次性的,因为你说过,第二种敲诈者达到目的见好就收,我心里非常清楚,毕竟敲诈是犯法的。"

山本一听,彻底瘫倒在了地上……

(王学良)

(题图:安玉民)

赌博游戏

　　亨利是一家首饰店的老板,原本小日子过得还不错,但最近心情一直很郁闷。为什么?由于资金周转困难,他的店铺面临倒闭危险。

　　能不能渡过难关,就看今晚与比尔的见面了。

　　比尔是亨利最好的朋友,曾经在最困难的时候,亨利借给他一万美元,让他开了个洗车店。但比尔发达后,却再没向亨利提还钱的事。亨利开始也没在意,因为首饰店生意做得不错,可如今遇到了难关,他多么希望比尔能早点把钱还给他啊!

　　亨利约比尔今晚七点见面,谈这件事。可比尔由于店里生意很忙,把时间一再推迟,结果一直推到午夜十二点。十二点就十二点吧,亨利实在等不及了,要知道,如果能早一天把借款拿回来,首饰店就能多维持一天呀!

十一点刚过,亨利就迫不及待地来到比尔指定的见面地点———一个废旧的印刷房里。

看着眼前熟悉的一切,亨利不禁会心一笑,这是他当初借钱给比尔的地方,比尔选择在这里见面,看来今天要回借款的事儿能成。

趁着等比尔的时候,亨利随手拿起身边的一张报纸,发现竟是当天的晚报,头版头条登着:麦克尔金银饰品店今夜剪彩。亨利心里一紧,仔细地把这篇报道从头到尾看了一遍,这才长长地舒了口气。

原来上个星期,比尔硬拉着亨利打赌,赌金不多不少正好是一万美元,赌的就是这家麦克尔金银饰品店,猜猜到剪彩这天他们的股东人数,是七个还是八个。结果亨利选了七个,而比尔则选了八个。

现在亨利一看报纸上清清楚楚地写着"麦克尔金银饰品店由七个股东出资组成",不由兴奋异常:看来,今天不仅可以拿回借款,还可以赢这一万赌金哩!想到马上就可以到手的美元,亨利心里美滋滋的。

就在这时候,只听门"咣"地一响,亨利"腾"地跳起来,冲口喊道:"比尔!"

来的果然是比尔!

亨利看了看表,笑着迎上去说:"你很准时呀!"

比尔看了看亨利,没有说话,从怀里摸出一支烟,顾自点上。

亨利抑制住心里的喜悦,小心翼翼地问比尔:"报纸……你看了吗?"

比尔朝他眨眨眼,点点头,说:"看了。"

亨利脱口道:"那这一万美元……"

谁知比尔挥了挥手,打断他的话说:"哦,这个不用着急。你现在带钱了吗？不方便的话，明天送到我公司也行。"

　　什么？亨利呆住了，愣了半晌，才反应过来，冲着比尔嚷起来："你说什么？你不是说看过报纸了吗？喏，报纸就在这里，你看，'麦克尔金银饰品店由七个股东出资组成'！注意，是七个！比尔，你输了！"

　　比尔似笑非笑地看了亨利一眼，从嘴巴里吐出一大口烟雾，然后慢慢悠悠地说："不错，你说得对，当时赌七个股东的是你。但这报纸上说的是晚上六点钟的事，事实上，到九点的时候，我给麦克尔打了电话，要求把我的股份独立出来。所以，准确地说，现在麦克尔金银饰品店的股东人数应该是八个。明天的晨报就会刊登更正消息。"比尔说着，斜了亨利一眼，"怎么样，你还有什么问题吗？"

　　亨利根本没想到比尔竟会使出这么卑鄙的手段，他惊愕地睁大眼睛，望着比尔好一会儿，才开口说："既然是这样，那你完全可以早一天公布这消息，我也输得心服口服。你为什么不这么做呢？"

　　"嘿嘿！"比尔冷笑一声，朝亨利摆摆手，"你别说傻话了。既然是打赌，就是以最终拿到钱为目的，如果我早一天放出风声，你输不起就会连夜逃走，那我找谁要钱去？"

　　"所以你就设计了这么一个情节，让我稳稳当当地输钱给你？"亨利朝比尔走近一步，他的脸因为愤怒而扭曲。

　　对此，比尔却丝毫没有察觉，他完全沉浸在自己的得意之中。

　　他掐灭手上剩下的半支烟，说："唔，虽然你可能会不太高兴，但对我来说，这确实是一个好办法。"

　　"哦，原来是这样！"亨利步步逼上来，"那你是不是还记得，几年前我曾经借给你过一万美元？"

　　比尔连头也没抬："有借条吗……"

可是他话没说完,亨利已经像猛兽一样扑了上来,两只铁钳一样的大手紧紧卡住了他的脖子。

比尔一个趔趄,倒在地上,他用尽力气呼喊、挣扎,但是没有用,愤怒的亨利把手越夹越紧。

此刻,亨利就像失去了人性的魔鬼。

终于,比尔刚才还在拼命挣扎的手脚,这时候一动也不动了。

亨利这才气喘吁吁地松开手,从比尔身上爬起来。他定了定神,抬腕看了一眼手表,喃喃道:"十一点五十九分。股东还是七个。比尔,你输了!"

(吴绍鹏　编译)

(**题图**:佐　夫)

杀 手 作 案

出于相信自己无所不知,相信自己有杀人的权利的那种无知的恶德,是不可救药的恶德。

醉意蒙眬的枪手

　　一个风和日丽的中午，一位英国绅士住进了特莱尔酒店5楼一个普通房间，这是几天前就预订了的。

　　绅士走进房间，将门紧闭，他脱掉外衣，顾不得漱洗休息，就迅速走到窗前。他看见斜对面就是国家最高法院的正门，从窗口到那里的距离大约150米，视野开阔，毫无遮拦。他满意地点点头，然后回转身，打开随身携带的小皮箱，这是他下飞机入境后在一个事先约好的地点拿到的，箱子里是一架精美的高倍望远镜，经过一番拆卸拼装之后，它就变成了一支有三角支架、有望远镜头的枪！

　　这"绅士"名叫泰格，四十多岁，一头红发，身材高大，浓眉大眼，待人彬彬有礼，很有风度，而实际上他是个非常凶狠的国际职业杀手,这次是受雇于一个著名的国际贩毒集团。

这个集团的两个重要头目几个月前落入了该国警方之手。以前警方对这个贩毒集团也曾多次采取过行动,但都因证据不足无法起诉而不了了之。这次警方找到了一名证人,他的证词足以使这个贩毒集团招致毁灭性打击,贩毒集团为挽回败局,找到了泰格,以重金相聘,要他在法院开庭审理此案前,伺机杀掉那个证人,而据可靠情报,证人将在今天下午2时被带到法庭。泰格看了看手表,现在是中午12时,也就是说,再有两个小时,一大笔钱就完全属于他了,这笔钱足够他在后半生花天酒地、肆意挥霍。

泰格把枪安装好,架在窗前,向下对准了法院的正门,然后他点燃一支"三五"牌香烟,深深吸了一口。正在心满意足之时,忽听到重重的敲门声,泰格立刻把烟灭掉,以最快的速度把枪支卸开,把支架收好,塞到床下,然后才做出一副若无其事的样子去开门。

门外站着一个三十多岁的男人,面色苍白,瘦削的身体裹着一套皱巴巴的西装,领带松松地挂在脖子上,一副失魂落魄的样子。

泰格很有礼貌地问:"请问您有事吗?"

那人说:"先生,我……我想请您帮个忙。"

"有什么事我可以效劳?"

"我、我就住在您隔壁的房间……我想自杀!"

泰格本是杀人不眨眼的职业杀手,但听了这个不速之客的话后,也不由得大惊失色:这个人住在隔壁房间,一旦他自杀,被饭店发现后报案,警方立即会赶来,自己作为隔壁的房客,也可能受到询问,这样,下午的暗杀计划将无法实施;再说,这房间里的枪支一旦被警方发现,自己就插翅难逃了。不行,决不能让这小子在这里自杀!

泰格把那个人请进屋，关好门，让他坐在沙发上，问道："怎么称呼您?"

"我、我叫霍尔。"

"哦，霍尔先生，好好的，您为什么要自杀呢?"

霍尔一把鼻涕一把眼泪地哭诉起来：三年前他和心爱的姑娘玛丽相爱而结婚，玛丽长得美若天仙，两人生活幸福美满。不料天有不测风云，玛丽鬼迷心窍，跟着一个唱流行歌曲的小白脸跑掉了，而他因为这件事整天恍恍惚惚的，工作不断出错，就被公司给解雇了。

"您说，好端端的一个家，就这么完蛋了，叫我怎么活呀，我非死不可啦!"

泰格耐着性子问："既然这样，又要我帮什么忙呢?"

"我已经想了好久，我想破窗跳楼，又想上吊，还想去摸电门，可是，我不知怎么死才最快，最不痛苦，我下不了决心，所以想请教您一下……"

泰格想：你他妈的算找对人啦，可是今天你无论如何不能死在我隔壁，明天以后你愿意去哪儿死随你便!

心里这样想，话却不能这样说呀，泰格给霍尔倒了一杯水，然后耐着性子向霍尔诉说各种自杀方式给人带来的痛苦，他甚至极为形象地描摹了上吊时自杀者的两个眼珠是如何弹出来的，舌头是如何伸出来的，说得霍尔两手抱着头嚷道："求求您先生，别再说啦，太可怕啦，我不敢自杀啦!"

泰格拍拍他的肩膀说："您需要好好休息一下，睡一觉后一切都会好起来的，回房间去吧!"

霍尔总算抱着头出门了。

泰格关上门，赶紧从床下取出枪来，重新支好架子，调好瞄准镜，又取出几颗特制的子弹，这种子弹在打进人体后就会炸开，所以必死无疑。他用手帕擦去子弹上的黄油，使它们变得闪闪发亮。泰格做事总是一丝不苟的,这才保证了他在20年的职业杀手生涯中从不出事。

"咚咚咚"门又被重重地敲响了,泰格急忙把子弹胡乱塞进口袋,把枪和支架收起,又塞进床下,然后去开门。

门开了,霍尔又哭丧着脸走进来,他一屁股坐在沙发上,哀求说:"先生,我一想到自杀是那么痛苦,就没有勇气对自己下手了,求您帮帮我吧,让我死得舒服些,我到了天堂都会感激您的……"

泰格一把揪住霍尔的脖领子,劈脸给了他一个耳光,吼道:"清醒一点,你这个傻瓜,这么没出息、没志气,你还算个男人吗?"

霍尔被泰格一嘴巴打愣了,他捂着脸,呆呆地看着泰格。

泰格语气缓和了一些,心平气和地告诉他,人活着应该如何对待挫折。泰格以前从未和任何人探讨过人生问题,他也没想到自己竟然能声情并茂地说出这样一番大道理,他自己的铁石心肠都差点要被这番话给感动了。

霍尔很认真地听完泰格讲的话,非常真诚地点点头,说:"先生,您讲得太好了,我需要好好想想,谢谢您!"说完,他回房间去了。

泰格关好门,又赶紧把枪械器具从床下拽出来,安上架好,把子弹压入枪膛。他看看表,已是下午一点多钟,行动的时间快到了。这个倒霉的家伙占去了不少时间,而且,刚才他对霍尔讲的那番话,讲得连自己都有些激动了,他需要调整一下心态,杀手在行动时最忌心不静,他必须保持最佳状态才行。

就在这时,"咚咚咚"门又被敲响了,泰格正在全神贯注地调整握枪的姿势,猛地被敲门声一惊,他赶紧又收拾好枪支,塞入床下,一番整理之后,才定定神,打开了门。

出现在门口的又是霍尔,他好像整个儿变了一个人,头发梳理得整整齐齐,领带也扎得规规矩矩,手里还拿了一瓶白兰地和两只高脚酒杯,笑容满面地走进来,对泰格说:"我彻底想通啦,我不想死了,您说得对,人活着该有点志气,男人就得有个男人样……感谢您对我的帮助,来来,咱们一起喝几杯!"说着,他不由分说,倒了两杯酒,递给泰格一杯,"当"地碰了一下杯,"干杯!"说罢便一饮而尽。

泰格被他这一番举动弄得措手不及,稀里糊涂地也干了一杯。

霍尔又忙着倒酒。

泰格想,行动时间眼看就要到了,可不能再由着这小子胡来,他暗暗从裤兜里掏出两片高效速溶安眠剂,乘霍尔不注意,拿过一杯酒来,把药片放了进去,这种药可在三秒钟内速溶,而且看不出有什么异常,泰格找个机会把这杯放了药的酒摆到霍尔面前……

霍尔说到激动处,又要和泰格干杯,泰格想赶紧哄着他把药酒喝掉,于是也举起了杯。

霍尔动情地说:"先生,您真是我今生今世难忘的好朋友,是我的救命恩人哪,咱们喝个交杯酒吧!"说着他把胳膊伸了过来,将酒杯端到了泰格的嘴边。

泰格也端起酒杯举了过去……

霍尔喝完杯中的酒,一会儿脸上就有点异常了,又像是醉意,又像是睡意,他说:"我不行啦,我得回去睡觉啦!"说完,他跌跌撞撞地出门去了。

泰格冷笑一声,心里骂道:"你他妈的也该闭嘴啦!"说罢,他赶紧关好房门,又从床底下把枪拉出来支好,瞄准,这时已是下午1时50分,暗杀行动马上就要开始了!

此刻,警察局那边正紧张地忙碌着,十多个警察保护着那个证人上了一辆警车,飞速向法院驶来。

　　这项任务由警长亲自指挥,警长五十多岁,身材肥胖,有三十多年从警的丰富经验。他指挥着警车开到法院门口,便命令警察们簇拥着那个穿着便装的证人下车往里面走。

　　而就在这时,对面特莱尔酒店5楼那个房间的窗口,泰格正端着枪瞄准着。可他突然觉得头脑眩晕,眼皮沉沉的,一阵浓烈的困意袭来,他觉得难以支撑了。怎么搞的?他猛地想起刚才霍尔那小子和他交杯喝酒时,他们互相喝了对方杯里的酒,他糊里糊涂自己把那杯药酒给喝啦!

　　在泰格的视野里,那个身穿便装的证人在一大群警察的簇拥下,正向法院正门走去。泰格屏住呼吸,瞄准了中间那个人,无奈药力发作,他无法控制自己了,只觉得扣了一下扳机,就天旋地转,不省人事,一头栽倒了。

　　瞄得不很准的枪射出了一颗威力很大的子弹,飞入人群,没有命中中间那个穿便装的人,却打中了那人身旁的一个警察,那警察饮弹倒地,一枪毙命!

　　警长赶过来一看,眼都瞪直了:这警察,其实正是警长为了防人途中暗算,让那证人乔装改扮的!

(游　子)

(题图:箭　中)

有毒的蜜饯

　　拉尔斯三十四岁,是个美男子,善于花言巧语讨女人喜欢。他结过三次婚,三任妻子都在他精心策划的"意外"中丧生,为此他获得了三次高额的人身保险赔偿金。警察局和保险公司曾怀疑过这些"巧合",但终因没有确凿证据,只好眼睁睁看着他携巨款去了另一座城市。

　　在那里,拉尔斯很快成了社交界的活跃人物,并以闪电般的速度与一位富翁的遗孀美娜达结了婚。美娜达相貌平平,比拉尔斯大八岁,是个典型的黄脸婆,拉尔斯之所以肯娶她,当然是冲着那令人眼晕的财产来的。还有一个更深层的、鲜为人知的原因,就是美娜达看上去成天病歪歪的,据说有严重的心脏病,这正是拉尔斯求之不得的。

结婚没多久,拉尔斯就以耐心和体贴赢得了"模范丈夫"的称号。美娜达也经常在朋友面前竭力炫耀他们的恩爱:"你们知道吗?拉尔斯简直就是上帝赐给我的天使,我太爱他了,没有他,我真不知道自己还能活多久!"

每到这时,拉尔斯就会动情地说:"亲爱的,我和你的感受完全一样,尽管你没有美丽的容貌,但你的善良却胜过世上所有的女人。虽说现在有些人对我们的爱情不理解,那就让时间来证明吧!"

对他们这些近乎完美的表白,那些爱说闲话的人还有什么好说的呢?

从此以后,拉尔斯故意带着美娜达通宵达旦地参加各种应酬活动,这样一方面可以借此大力炫耀他们的爱情,另一方面也可以加速拖垮美娜达的身体,拉尔斯得意地把这称之为"有毒的蜜钱"。

可让拉尔斯奇怪的是,这样铆足劲折腾了一个月,美娜达非但没有倒下,反而精神焕发,倒是他自己被折腾得筋疲力尽。望着美娜达红扑扑的脸蛋,拉尔斯恨不能把她掐死。"妈的,我倒成了她的保健医生了。"拉尔斯气急败坏地想着,看来只好再等时机了。

这天早上,天气看上去很好,可是拉尔斯却很偶然地在新闻播报结束时听到一条加播的天气预报,说当天下午将有一场暴雨。他立刻眼珠一转计上心来,对正从花园里回来的美娜达说:"亲爱的,你瞧,外面天气多好,咱们去郊游,怎么样?"

美娜达不知内里,自然显得兴致勃勃,于是拉尔斯立刻开着敞篷车把美娜达带到郊外,而且故意把车停在一个前不着村、后不着店的地方。

不过这时候,田野里还是一片秀丽的风光,鸟啭蝉鸣,美娜达陶醉地说:"真是太美了,亲爱的,我们下车去走走吧!"拉尔斯也装出一副兴致勃勃的样子,可实际上他哪有心情去欣赏什么田野美景,他只盼着暴风雨赶快到来,把这个讨厌的女人彻底毁灭。

为了拖延时间,拉尔斯故意跑前跑后地为美娜达采来大把鲜花,哄得这个女人不住声地说:"拉尔斯,你简直太可爱了,你真是我的天使。"

正当美娜达自以为沉浸在十二万分幸福之中的时候,天边忽然卷起了乌云,顷刻间狂风大作,然后暴雨"哗哗哗"地从天上倒下来。两人自然被浇成了落汤鸡,拉尔斯虽然也在暴雨中遭罪,可看着美娜达冻得嘴唇青紫、哆嗦成一团的样子,他心里高兴极了。

车子开回家后,美娜达是被拉尔斯抱下车的,她已经虚弱得根本站不起身来。可是让拉尔斯没想到的是,晚上他自己也发起了高烧,迷迷糊糊的一直在昏睡之中。一会儿是美娜达已经死了,他得到了她的全部财产,开心得狂呼乱叫;一会儿又是他策划的让前三任妻子遭遇意外的那些案子被警方侦破了,一条绞索正套在他的脖子上……

惊恐之中,他猛的警醒了,看到美娜达正拿着毛巾在给他擦脖子上的汗水。拉尔斯一把推开美娜达的手,脱口道:"怎么,你没有死?"

美娜达微笑着说:"亲爱的,我不是好好的么? 倒是你让我很担心,三天了,你一直在说胡话。"

拉尔斯一激灵,心想:见鬼,可千万别说出什么不该说的话。他忙问:"我说了什么了?"

"你一直在喊我的名字。"美娜达的眼圈红了。

拉尔斯这才长舒了一口气,想起刚才的失态,忙掩饰道:"你没事我太高兴了,这都是我的错,如果你有个三长两短,那我也不想活了。"可他心里却百思不得其解:这个外表羸弱又有心脏病的女人,居然百毒不侵,难道她是魔鬼么?

拉尔斯退烧后,美娜达提议去她的另一处庄园住一段时间,那里地处森林边缘,空气格外清新,一定有利于拉尔斯身体尽快地恢复。

拉尔斯知道去庄园的必经路上有一段盘山路,弯道多,是事故多发地段,于是心里又打起了鬼主意:我何不在那儿制造一个交通事故呢? 前几个女人不都是这样解决的吗? 嘿嘿,只要在制动器上做点手脚,让美娜达开车从这里掉下去,不被摔个粉身碎骨才怪呢! 到那时汽车已成了一堆垃圾,即使是上帝也休想查明真相。

拉尔斯决定第二天就行动,可偏偏这时候,美娜达的侄子克里奇来了。克里奇今年二十五岁,是个傲慢的花花公子,对拉尔斯一直心存怨恨,要不是拉尔斯的出现,他就会成为美娜达财产唯一的合法继承人。所以,他的到来使拉尔斯不得不暂时停止计划的实施。

这天拉尔斯偶然经过克里奇的客房,听到里面传出激烈的争吵声,美娜达生气地说:"你给我住嘴,我总算明白了,你来这儿无休止地诋毁拉尔斯,不就是想得到我的财产吗? 本来我是想把你作为我的财产继承人,并且已经写进了遗嘱,可你太让我失望了。哼,现在我要修改遗嘱,你一分钱也别想得到。"紧接着,是克里奇大叫大嚷的声音:"你最好别干蠢事,否则让你吃不了兜着走。"

拉尔斯顿时惊出一身冷汗:幸亏自己没有急着下手,否则就成全了克里奇这个傻瓜了。他故意装出若无其事的样子推门进去,说:"你们不去散散步吗?"

克里奇狠狠瞪了他一眼:"咱们走着瞧!"说完,气急败坏地甩门而去。

美娜达气得脸煞白,手捂着胸口不住地呻吟,看样子像是心脏病发作了："亲爱的,我怕是不行了,你……你赶快把律师喊来,我要修改遗嘱。"

拉尔斯可不希望美娜达现在出什么事,他疯了似的喊道："亲爱的,你可不能死啊!"

美娜达气喘吁吁地对拉尔斯说："你放心,亲爱的,我知道你爱我,我现在不会死。你……你赶快帮我去请律师来!"

"好,我就去!"拉尔斯匆匆对佣人交代了几句,让她赶紧打电话请医生来,然后就驾车向市里飞奔,他要亲自把律师接来,免得途中有什么变卦。

拉尔斯的车刚开出,克里奇就驾车尾随了上去,但拉尔斯根本没有察觉,他现在一门心思,就是要抢时间把律师接来,他只恨车速太慢。

可是开着开着,突然拉尔斯觉得汽车有点不对劲,试着踩了一下刹车,竟毫无反应。"天哪,车被人搞了鬼!"

这时候,车子正开在盘山路上,由于车速太快,跳车已不可能,拉尔斯只得两手紧握方向盘,拼力控制着小车,转过一个弯道又一个弯道。他冷汗淋漓,神经高度紧张,开到前面一个弯道时实在招架不住了,只听"砰"的一声,汽车撞断护栏,翻着筋斗,坠入了悬崖。

克里奇的车紧跟着就到了,他下车向崖下望了望,冷笑一声,打了个唿哨,就把车开了回去。

回到庄园,他直奔美娜达的房间。

刚才还躺在床上病得要死的美娜达一骨碌蹦起来问:"怎么样?"

克里奇兴高采烈地说:"成功了,那个傻瓜完蛋了。"他一屁股坐到美娜达床边,问:"那家伙究竟有多少钱?"

美娜达警觉地盯了他一眼:"别动歪脑筋,这次你只能得一百万。"

其实,美娜达和克里奇与拉尔斯一样,都是专干谋财害命勾当的职业杀手。

不久,警察上门来了,对美娜达说:"太太,告诉您一个非常不幸的消息,拉尔斯先生出了车祸,我是说,他……死了。"

美娜达立刻装模作样地号啕大哭起来。

警官看着她,停顿了一会儿,继续说:"拉尔斯先生的车掉下悬崖后被卡在半山腰的两棵树上,他没有当场死亡,所以在我们到达现场后,他向我们讲述了造成事故的可能原因。事后我们经过勘查,可以断定,这是一起谋杀案……"

美娜达听到这儿脸色惨白,两眼一翻晕了过去。这次,她恐怕真的是发了心脏病!

(赵再年)

(**题图**:箭 中)

君子协定

　　卡特和妻子雪莉开车去海滨度假,因为路上汽车出了故障,所以到旅店时已经是半夜时分了。

　　第二天一早,卡特看雪莉睡得正香,就自个儿悄悄起了床,把车子送到附近的修车点去,打算好好修整一下,免得开起来再出什么麻烦,扫了玩兴。

　　尽管卡特想得周到,但麻烦还是找上门来了。

　　什么麻烦? 卡特从修车点返回旅店,发现雪莉不见了踪影。

　　开始,他还以为雪莉是去楼下餐厅用早餐了,可是等啊等啊总不见她回来。难道是她自个儿出去玩了? 雪莉平时主意大得很,什么事都非得听她的,常常闹得卡特很没趣。这次度假也是,本来卡特是不想来的,公司里工作正忙,可雪莉非要来,而且还不能推迟一天的行期。卡特心里嘀咕着,为了消磨时间等她,就拿起桌上的报纸浏览起来。

可是一叠报纸翻完了,还是不见雪莉的人影,卡特不禁有点奇怪:她会到什么地方去了呢?

卡特朝房间角角落落一看,突然发现昨晚放在床头柜旁边的衣箱不见了。卡特知道衣箱里有雪莉平时最喜欢佩戴的首饰,其中光一个胸针就花去了他将近一年的工资。雪莉平时特别把这些首饰当回事儿,昨天服务生帮着提行李的时候,她走在旁边寸步不离。现在衣箱没有了,难道是出了什么事儿?

可再想想,也没有这种可能啊,一路上他们从没在外人面前打开过箱子。看样子一定还是雪莉自己到什么地方去玩了。想到这里,卡特拿起报纸又继续浏览起来,还让服务生送了一份咖啡和点心,在房间里继续等着雪莉回来。

可是不对啊,一直等到中午,卡特也没有把雪莉等来。他下楼到餐厅转了一圈,也没见雪莉的影子,于是便径直来到底楼大堂总服务台。

当班服务生就是昨夜接待他们入住的那位,从他挂着的胸牌上,卡特知道他的名字叫亚克。卡特就上去问:"对不起,亚克先生,你可曾见过我太太?"

亚克十分惊讶:"你太太?"他翻开登记簿一查,"你不就是昨夜登记入住的卡特先生吗?当时明明只登记了你一个人呀?"

卡特不由感到好笑:"我是只登记了我一个人,可明明是我太太和我一块儿来的呀!奇怪的是,她现在不见了。"

"卡特先生,你有没有搞错?"亚克一脸正色道,"我清清楚楚地记得,你就是一个人来的呀!"

卡特发现亚克说这话的时候不像是开玩笑,就有点生气了:"你这不是成心在对我说瞎话吗?"

亚克看卡特气呼呼的样子,也不和他争,回头招呼一声:"里森,来一下!"

立即,过来一个小伙子,问:"什么事?"卡特一看,正是昨夜帮他们提行李去房间的那个服务生。

亚克指着卡特说:"这位先生说他是和太太一起来的,当时是你帮他提行李上楼的,你说,他太太到底来了没有?"

谁知里森的表情也显得十分惊讶:"没错,是我帮他提行李上的楼,我记得来的就他一个人呀,没有什么夫人。怎么啦,难道出什么事啦?"

卡特一听这个服务生也这么说,就觉得事情有点蹊跷,心里不由紧张起来:看来,雪莉是遇到麻烦了。他不得不急切地对里森说:"对不起,你再仔细想想,我太太戴着一顶红帽子,个子不高,瘦瘦的……"

可是里森仍然十分肯定地回答他说:"我绝对不会记错,先生,来的就是你一个人!"

咦,事情怎么会是这样?卡特决定立即回客房,打电话报警。

谁知他前脚刚踏进客房,就有个小伙子悄悄跟在他后面走了进来,向卡特自我介绍说:"卡特先生,我叫博尔,是这家旅店的服务生,你们刚才在服务台的对话我都听到了,也许我能帮你点什么。不过,你说的都是实话吗?"

卡特两手一摊,委屈地说:"你看我像是不正常的人?博尔先生,你能告诉我这到底是怎么回事吗?"

博尔转动着两只眼珠子说:"我也觉得这事情有点蹊跷。不瞒你说,卡特先生,其实大堂总服务台的亚克和帮你们提行李的里森,他们是兄弟俩,这个旅店时常发生顾客失窃的事,大家背地里都怀疑是这兄弟俩干的,可就是没有足够的证据。"

博尔一边说着话,一边就像个侦探似的在客房里仔细搜寻起来。他转了一圈,还真发现了一个疑点:房间里大床两边的两个床头柜上,应该各放一只烟灰缸,而现在右边床头柜上的那只还在,左边的却没有了。

博尔问:"卡特先生,昨晚你太太是睡在左边的吗?"

卡特点点头。

"你太太抽烟吗?"

"从来不抽。"

"你太太有没有随手带走别人东西的习惯呢?"

"没有啊!"卡特回答说,"她绝对没有随便拿走别人东西的习惯。再说了,这种烟灰缸又不是女人喜欢的东西,她拿了有什么用?"

"说的也是。"博尔点点头,沉思着说,"卡特先生,你想过没有,会不会是图财害命,他们已经对你太太下了手?"

这当然是卡特最不愿想的事,可现在他不得不做这样的思想准备了。看来,只有报警!卡特随手拿起了电话。

谁知博尔却抢先一步上来按住了他的手:"容我冒昧地问一句,卡特先生,你爱你的太太吗?"

卡特一时有点语塞:"我们……我们不错啊……"

其实卡特和雪莉的夫妻关系并不好,或者说是很一般,就是因为雪莉太要强,卡特觉得和这种女人过日子很没滋味。卡特喜欢那种温柔听话的女人,只是碍于雪莉父亲曾经是自己老师的关系,才勉强维持着这段婚姻。

博尔狡黠地笑了,说:"看得出来,你和你太太的关系很一般,一个突然发现丢失了太太的丈夫,早不知急成什么样子了。不过既然是这样,就是警察来了,抓到了真正的凶手,又能怎么样?你能得到什么呢?在这个世界上,我们最需要的不就是这个吗?"博尔说着,做了一个捻钱的动作。

卡特有些不解:"你的意思是……"

"我们来个君子协定如何?你想,假如你太太真的被他们谋财害死的话,那么现在一定被藏在旅店的某个角落里,因为他们不会在大白天把你太太的尸体运出去。当然,我们找是很难找到的,因为他们会藏得很隐蔽,我们只有趁他们夜里行动的时候出手,这样人赃俱获,他们就不得不花钱来消灾,你说是不是?"

博尔的这番话让卡特听得心惊肉跳,不过冷静下来想想,反正人也死了,她父亲又能把自己怎么样?他问博尔:"你打算要多少?"

"最少也得要它二十万,咱们两个二一添作五,一人拿十万,怎么样?"

卡特尽管心里觉得博尔心狠手辣,可这种人得罪不得,只好点头:"那就听你的吧。"

这天夜深人静时,卡特按博尔的吩咐躲进旅店一个放清扫工具的小房间里,这是博尔认为亚克和里森最可能藏赃物的地方。而博尔自己则悄悄藏在大厅的一个隐蔽处,如果亚克和里森直接从这里把卡特太太的尸体运出去的话,逃不过他的眼睛。

博尔的判断确实有道理,卡特悄悄藏进工具间没多久,里森果然就推着一辆手推车进来了,手推车上放着一只大箱子,大箱子上面还有一只衣箱,卡特一看,正是雪莉的衣箱。"啊!"卡特再怎么有思想准备,还是忍不住惊叫起来。

里森吓了一跳,转身就要逃,被卡特一把拉了回来。得问他们要钱呀!卡特十分肯定地对里森说:"如果我没猜错的话,你这箱子里放着一个人。"

里森一听,立刻惊慌失措起来:"你……你已经猜到了?那我叫我哥亚克来!"

卡特嫌这个工具间坐不能坐、站不能站的,就让里森把车推到自己的客房,打电话叫亚克上来。在等亚克上来的时候,卡特也没让里森闲着,让他老老实实先把他们干下的事情说出来。

原来里森昨夜帮他们提行李上楼到客房的一路上,就发现雪莉对那个衣箱特别在意,他当时就断定这里面一定有十分贵重的东西。下楼后,他把这个信息悄悄跟亚克一说,兄弟俩就准备对这夫妇俩下手。谁料还没想出个动手方案来,卡特一早就出门修车去了,他们觉得事不宜迟,此时是个下手的好机会,便由里森悄悄潜入客房,用床头柜上的烟灰缸砸死雪莉,而后把雪莉的尸体连同那个衣箱一起劫走。正如博尔预料的那样,他们白天自然不敢轻举妄动,于是就准备在晚上再进一步行动……

里森正说到这里,这时候亚克进来了,朝房间里四下一扫,眨眨眼睛说:"你们这是怎么回事?对了,事情一定是这样的:你,卡特先生,打电话到服务台,是我接的电话,说是要让里森送一口大箱子到你房间去,可是里森按你的要求把箱子送来之后不久,你又打电话要他把箱子拿走。就在这当儿,里森看到了箱子上的血迹。"亚克说到这里,把雪莉的那只衣箱翻过来,上面果然有一片发黑的血迹。

亚克继续煞有介事地说:"里森想起您曾无理取闹过,明明是一个人来的,却硬要说太太一起来的却又失踪了,于是就打电话叫我上来处理这事。我现在就上来了,怎么样,卡特先生,我说得没错吧?你为什么一会儿要箱子,一会儿又不要了呢?是不是这箱子里有名堂?要不要让我们现在把箱子打开看看,还是直接叫警察来?"

卡特没想到亚克竟会玩出这种花样,不由得火冒三丈:"你怎么能这样诬陷我,要知道,里森把什么都告诉我了。"

"什么?"亚克狠狠瞪了里森一眼,对卡特说:"告诉你了又怎么样?卡特先生,你能拿出什么证据来呢?你只有一张嘴,而我们可有两张啊!"

卡特愤怒得不知该说什么,这时他想起博尔来了,这个该死的家伙,如果他现在在这儿有多好,现在只好自己一个人来对付他们两个了。

卡特大声对亚克说："警察不会光凭你们嘴里说的,这里到处都有里森的指纹,相信这箱子上也一定会有你的指纹,看你到时候怎么向警方解释?"

亚克怔了一下："啊,多谢你的提醒,这指纹倒的确是个问题。不过如果里森和我确实需要坐牢的话,我们会让你陪着我们,因为我们可以说是你雇我们杀死你太太的。从你们进门登记的那一刻,我就看出你们夫妻之间并不恩爱。关于你们并不恩爱的旁证,我想平时一定很多。"

卡特几乎要被亚克的这些话击倒了,他还想作最后的努力:"我想找一个人。"

"谁?"

"博尔。你们旅店里不是有个叫博尔的服务生吗?"

"哈哈哈哈!"亚克和里森忽然放声大笑起来。里森突然把那口大箱子打了开来:"卡特先生,你可以看一看这是谁?"

大箱子里装着的是博尔,他已经死了。

这是卡特万万没有想到的,他原先一直以为这个箱子里装的是他的太太雪莉,不由脱口问道:"那我的太太呢?"

"你太太还在我们原先藏着的那个地方。"亚克说,"刚才,我正要把她放进箱子里让里森先推到工具间去,没想到博尔这家伙突然跳出来想勒索我,开口就是一百万。这家伙心也太黑了,我只好又砸破了一个烟灰缸。"亚克说到这里叹了口气,"看来,我得费些脑筋,为博尔的死编个堂皇的理由了。卡特先生,我们都是明智的人,为什么非要给自己找麻烦呢?我们何不能彼此达成一个君子协定呢?"

又是一个君子协定!卡特睁大了眼睛:"你这话是什么意思?"

"如果你不报案,你可以得到五十万,而且你明天就可以拿到这笔钱。怎么样?"

没想到事情会是这样的结果!

毕竟夫妻一场,卡特对雪莉的死总还是有点悲伤,但一想到明天将会得到的那笔巨款,卡特不禁又有些兴奋,折了夫人但赚了钱,不算亏。

可是,卡特的如意算盘没打好,亚克、里森和他的君子协定也落了空。因为没等到天亮,旅店就被警方包围了,是住在隔壁客房的旅客报的案,这几个家伙在房间里的对话,都被他听到了。

(赵　颖　孙洪鹏　改编)

(**题图**:箭　中)

机 关 算 尽

有些人,往往会用至诚的外表和虔敬的行动,掩饰一颗魔鬼般的内心,这样的例子太多了。

走运的记者

　　发明轻型发动机的是一个美国人,叫马克。丹麦航空工业公司总经理决意要买下他的专利权,于是就把他从纽约请到了丹麦,下榻在大陆饭店17号房间。媒体众记者闻讯蜂拥采访,但都遭到了婉拒。

　　有个记者叫裴迪,上司许诺:"如果你能够想办法采访到比同行更多的东西,我立刻给你涨百分之二十的薪水。"

　　裴迪很兴奋,决定试试。两个小时后,他来到大陆饭店,靠着自己活络的头脑,居然躲过了门卫的眼睛,得意洋洋地站在了17号房门前。

　　裴迪敲敲门,不见动静,一看,门是虚掩着的,于是壮起胆子闯了进去。经过门厅的时候,他看到里面房间里有一张宽大的写字台,上面放满了各种文件和纸张。看来马克先生只是走开一会儿,估计很快就会回来。

裴迪有点犹豫不决,自己是退出去,还是就坐在房间里等马克先生回来。就在这时候,门外传来了脚步声,裴迪也不知道自己怎么突然就慌乱起来,他来不及细想,拉开办公桌对面那个衣柜门就钻了进去。

脚步声越来越近,是马克先生回来了,透过衣柜门的缝隙,裴迪看到马克先生原来是一个红头发的壮实男子,只见他进来之后就在写字桌后面的椅子上坐了下来,一边喘着粗气,一边翻阅起桌上的一叠报纸。阳光透过他背后的窗户射进来,正好照在他的身上,他的红头发在阳光下就像是一团火。

裴迪眼睁睁看着这个镜头,不禁急出一身汗来:这么好的独家采访机会,自己怎么能轻易放过呢? 可是他也清楚:如果自己就这么冒冒失失地从柜子里出去,除了被马克先生从房间里扔出去,不会有更好的下场。怎么办?

正在这时候,服务员来通报,说是有个叫菲尔德的博士要来拜访。还没等马克先生回话,博士已经迫不及待地自报家门走了进来,他站在马克先生对面,正好把裴迪的视线挡住,裴迪没办法,只能竖起耳朵听。

整个谈话过程好像都是围绕着一项发明进行的,博士鼓励马克先生跟他合作,可马克先生却表示抱歉,说他对博士还不太了解,请给他一些时间考虑,等等。最后,马克先生不耐烦了,把博士送出了房间,但在外面的门厅里,两个人又继续交谈了一阵。

接下来,是片刻的沉默,大概博士走了,只见马克先生又转回来,在房间里来回踱步,然后给航空公司总经理打电话。从他们的交谈中,裴迪得知总经理几分钟后就要过来。

只见马克先生放下电话去了洗手间,裴迪心中一喜:机会来了！他以迅雷不及掩耳的速度从衣柜里跳出来，飞一样地跑到外面门厅，钻进了靠近房门口的一个立柜里。也许是职业的习惯，裴迪刚才通过门厅进房间的时候就注意到这个立柜了，他心想：藏在这里自己就主动多了，等会儿马克先生在房间里和总经理谈话，自己就可以悄悄地从立柜里出来，然后大模大样地进去采访他们。

可是裴迪没料到，新的藏身之地情况更糟，里面堆着一大堆衣服，他刚刚钻进去不多会儿，就感觉腰酸背痛，怎么蹲都不舒服，真是苦不堪言。

正好这时，马克先生从洗手间里走了出来，几乎是同时，总经理也叩门而入，马克先生把总经理迎进门，两人就在门厅里谈开了。他们谈的都是关于专利的价格问题，裴迪怎么好意思在这种时候从立柜里钻出来呢，所以只好硬着头皮继续躲在立柜里，大气也不敢出。

可是蹲着蹲着，裴迪觉得身子下面的衣服好像在动，还有人踹他的脚。他觉得恐怖极了，仿佛浑身的血液都凝固在血管里，好不容易听到总经理对马克先生说了句："放心，过半小时，我会派人把钱给你送来。"随后就是一阵锁门声，大概是马克先生把总经理送下楼去了。这时候，裴迪再也耐不住了，推开立柜门跳出来，转身就去翻柜子里的衣服。

他傻眼了：立柜里，一个红头发的男子被五花大绑着，正躺在那里。裴迪以为自己在做梦，可千真万确，这男子一头的红发直刺他的眼睛。他猛地扯掉塞在男子嘴巴里的破布条，那男子大口大口地直喘粗气。

裴迪问他："你怎么也是一头红头发？你是马克先生的孪生兄弟？"

男子涨红着脸，大吼一声："告诉你，我就是马克。那家伙是个骗子！你……你快给我把绳子解开。"

"你真是马克先生?"裴迪不清楚到底发生了什么事,但他立刻意识到他今天的采访肯定有戏,于是便赶紧给这个马克先生松绑。

两分钟后,这个获得了自由的马克先生终于站了起来,嘴里嘀咕着:"该死的博士,哼,刚才这个家伙竟然把我打晕了塞在这里⋯⋯"

突然他好像又想起了什么,两眼逼视着裴迪,问:"那么你呢,年轻人,你到柜子里来干什么?"

"这⋯⋯这不是一两句话能说明白的!"裴迪结结巴巴地回答。

这个马克先生一听,立刻哈哈大笑起来:"如果我没有猜错的话,你一定是记者。"他大步走进房间,抓起写字桌上的电话就给警察局打电话,随后熟练地拉开抽屉,从里面拿出一支左轮手枪。

裴迪断定,眼前这个他一定是真马克先生了。

就在这时候,真马克先生发现门锁的钥匙孔转了起来,他不由分说一把把裴迪推进衣柜,自己缩着身子也蹲了进去。两人在衣柜里透过门缝一看,进来的果然是刚才那个假马克,他兴奋地搓着双手,嘴里还哼着小曲,一定是眼看自己巨额诈骗的阴谋要成功了,心里得意得很。

正在这时候,响起了一阵敲门声,来的是警察。警察问:"您就是马克先生吗?"

"是我。"假马克有点紧张,"有什么事吗?"

"咦,不是您打电话叫我们来的吗?"

"我叫你们来?"假马克一听警察这么说,脸就有点发白。

接下去的几秒钟,房间里一片寂静,倒是走廊上有脚步声传来,是航空公司总经理派人送购买专利的钱来了。

"您是马克先生吧?公司派我把这笔钱交给您,一共是1000

万克朗。"

"这……"红头发的假马克瞥一眼站在旁边的警察,不过还是伸出了两只手,"拿来吧!"

他话音未落,房间里的衣柜门突然被打开了,只听一声怒喝:"把手举起来!"

假马克懵了,回头一看,一个同样红头发的男子正怒目瞪着他,黑洞洞的枪口对准了他的胸口。他不由自主地后退两步,一下就跌坐在地上。

"你这个混蛋!"红头发的真马克先生冲上去猛一抓,嘿嘿,他居然从对方头上抓下来一个红红的假发套。

的确是一场好戏哇!

突然,警察惊叫了一声,因为他发现房间衣柜里还有一个年轻人,正蹲在那儿飞快地往一个小本子上写着什么。警察肯定不会想到,从现在起,这个年轻人的月薪已经被自动地上调了百分之二十!

（黎　宇　编译）

（题图:箭　中）

救命的差错

　　茱莉是法学院的高材生，实习的时候认识了做律师的罗克，两个人一见倾心，几个月后便举行了婚礼。

　　最近，茱莉的伯父去世了。老人无儿无女，所以立下遗嘱，茱莉作为他唯一的合法继承人，成为老人所有财产的拥有者，其中包括一家规模很大的贸易公司。

　　这天吃晚饭的时候，茱莉对罗克说："结婚以后我一直没有出去工作，现在有了伯父留下来的公司，我准备亲自去打理。"

　　罗克看得出茱莉说这些话是经过深思熟虑的，可他似乎也早有准备，立刻微笑着回答说："宝贝，我已经打算从律师事务所辞职，全心全意去管理这家公司。我想，我的经验总比你多一些，让我去经营一段时间，把公司业务理顺了，就会让你去主持一切的,而我依然回去干我的老本行,这样你就不会很辛苦了。"

茱莉对罗克的决定颇感意外:为什么罗克一定要自己去经营呢?难道是他不相信自己?茱莉刚想再争辩什么,罗克却搂着她的肩膀说:"家里有很多事情等着你做,你还有更重要的任务呢。"

茱莉很委屈,想不出除了那些琐碎的家务,自己还有什么重要的事情可做?

没有事业,没有社交,这样枯燥的生活让茱莉变得很焦躁不安。但从认识罗克开始,茱莉就习惯了听他的安排。罗克有些大男子主义,喜欢包办一切,让茱莉去享受他的安排,他觉得这就是男人疼爱女人的方式。也许有女人喜欢这种方式,可茱莉并不喜欢这样的"坐享其成"。

三个月过去了,罗克每天忙得团团转,他早晨神采飞扬地打好领带匆匆出门,而晚上回来后却总是一副疲倦的样子,不是在客厅里看球赛,就是倒在床上呼呼大睡。最让茱莉受不了的是,自从罗克接掌公司以来,已经整整三个月没有碰过她了,每次她对他有所暗示时,罗克总是装糊涂,实在装不下去的时候他就索性说:"亲爱的,我很累了,让我好好地休息一下吧。"

茱莉开始感到不安,时间一长,一个可怕的想法老是在她头脑里闪现:一个丈夫,这么长时间不亲近自己的妻子,这意味着什么呢?肯定是他在外面有了别的女人。

这天清晨,茱莉迷迷糊糊地躺在床上,突然隐约听到卫生间里传来罗克打电话的声音:"对,就这么做,照我说的去做……一定要做得干净利索,不能有一点人为的痕迹。好的,好好干吧,伙计,事成之后,我会给你们一大笔报酬的。"

天啊,什么"干净利索"?什么"不能有一点人为的痕迹"?罗克要干什么?茱莉的脑子里一片混乱,整个人就如同掉进了冰窟。

这时候，脚步声响起，一定是罗克到卧室来了，茱莉紧紧地闭上眼睛，她在心里对自己说："要镇定，要装成没事一样，绝不能让罗克察觉到自己偷听了他的电话。"

"亲爱的，你的睡姿真是美妙极了，就像一只可爱的小猫咪。"罗克这类往日令茱莉陶醉的话语，这会儿却让她浑身上下阵阵发冷，她真想知道罗克背着她到底在干什么。

第二天，天气并不是很好，天空阴阴的，飘着细细的雨。整整一个上午，茱莉都坐在沙发上发呆，她需要静静地思考，用学过的法律知识来判断自己现在的处境。不错，按照法律规定，如果茱莉和罗克离婚的话，茱莉伯父的那笔遗产是不能作为夫妻共同财产分割的，因为伯父是在他们结婚之后立下遗嘱，明确全部财产由茱莉一个人继承。但问题是，如果罗克在没离婚之前就自己动手或借人之手将茱莉干掉，那么他不就可以成为茱莉的遗产继承人，而实际上同样是伯父遗产的合法受益者吗？然后，他和别的女人一起双宿双飞……

茱莉越想越害怕，她明明是深爱着罗克的呀，可如果罗克真这么做，她怎么能容忍呢？看来唯一两全的办法就是赶在罗克动手之前先干了他，然后自己再自杀随他而去。如此一想，茱莉心里反倒觉得平静了，她细细考虑了一番，然后换了衣服，开车直奔市场。

走进一家商店，大腹便便的胖老板迎上来问她："小姐，您是不是需要老鼠药或者蟑螂药？"

茱莉皱了皱眉头。

可胖老板似乎并没有意识到，微笑着继续说道："一看就知道您被家中这些小畜生们折磨得不轻，我们店里有自己配置的特效毒药，保证立竿见影。"

茱莉怀疑这种特别配置的毒药味道会太刺鼻，她小心翼翼地问胖老版:"对不起,我只要一般的鼠药就可以了。你们店里有这样的鼠药吗?"

胖老板看了茱莉一眼,转过身去,从身后的柜子里拿出一只盛有暗黑色液体的小玻璃瓶,打开盖子,轻声说:"小姐,您闻闻,这药绝对没有任何特殊的气味。而且您看,任何食物只需要滴上几滴,老鼠吃过后绝对活不上三分钟。不过需要注意的是,用完后,您一定要把它收好,因为这东西对人也是致命的。"

看着眼前这只小玻璃瓶,茱莉突然心慌起来,她匆忙付了钱,紧张地抓过小瓶子就逃出店门。心惊肉跳地回到家里。她有点犹豫了,难道真要这么做吗? 可一想起罗克打电话时那些斩钉截铁的话,她便又一次狠下心来。她把玻璃瓶放在桌子上,然后取来杯子,又准备好一罐可乐,因为罗克每天到家都会先喝一大杯可乐。玻璃瓶里的药与可乐的颜色差不多,加在里面,应该不会被发觉。

已经是下午六点三十分了,罗克应该很快就会回来。

果然,门外传来了熟悉的脚步声。茱莉心中突然想到:如果罗克真的在外面有女人,为什么他还能够每天按时回家呢? 但时间已经不容她多考虑了,说不定这家伙是故意装成这样来迷惑自己的呢? 茱莉抓起可乐罐,启开铁环,然后往杯子里一倒。这时候门铃已经响起,她慌乱地拿过桌上的玻璃瓶,拧开盖子,一股脑儿把里面的毒药全都倒进了可乐杯里,随手把玻璃瓶藏到了沙发后面。

这时候,房门打开了,显然是罗克以为茱莉不在家,便自己用钥匙开了门。

茱莉紧张地看着罗克,只见罗克满脸兴奋地把公文包丢到一旁,快步走上前来抱住茱莉说:"亲爱的,知道吗,你今天特别漂亮,我有一个好消息要告诉你。"

茱莉强挤出笑容,推开罗克,端起桌子上的可乐杯递了过去:"等等,罗克,喝完之后再告诉我,好吗?"

罗克点了点头,接过杯子将里面的可乐一饮而尽。随后,他从怀中掏出一只红色小方盒,说:"宝贝,记得今天是什么日子吗?是我们结婚一周年的纪念日呀!记得当初我很穷,结婚的时候没钱给你买钻戒,但是现在一切都好起来了,我找到城里最有名的珠宝工匠,把钻石镶嵌得和天然形成的一样,看不到一点人为的痕迹,他们做得干净利索极了。哦,对不起,不应该说干净利索,我总是很难忘掉以前做律师时常说的话,这个……应该称作'精美绝伦'吧?"

"人为的痕迹"?"干净利索"?难道罗克那天在卫生间打电话时说的话是指这个意思?茉莉只觉得脑子里"轰"地一声,一阵昏厥,不由得闭紧了双眼:可是……他应该在外面有女人的,要不怎么会连着三个月对我这么冷淡?

只听罗克继续在那里开心地说着:"还有,宝贝,你不是一直想要个孩子吗?可我们无论多么努力都没有成功,我偷偷去医院检查了,医生说是我的原因,现在已经治了三个月了,我一直不好意思告诉你。但今天一切都好了,医生说我已经完全正常了,我不想让你打理公司,就是想让你在家里安心调理好身体,以后好好照看我们的孩子。我想……我想,我们今晚……啊,天啊,这……这是……"

茉莉惊恐地睁开眼睛,只见罗克脸上的表情极其古怪,忽然丢下手中的红色小方盒,直向卫生间冲去。

"是药性发作了!上帝啊,我都干出什么蠢事来了啊!"茉莉两眼发直,喃喃自语,再也控制不了自己,瘫软在沙发上。

可谁知过了大约三分钟,罗克竟自己从洗手间里走了出来,睁大眼睛对茉莉喊道:"亲爱的,你究竟把什么东西放进可乐里了?看我的牙缝,还有舌头,怎么忽然都变得这么黑?还有一股奇怪的味道。"

茱莉目瞪口呆地看着罗克咆哮的样子,又转过身来看看桌子,只见那只装着毒药的小瓶子还安静地呆在那里,原本放在那里的一只黑墨水瓶却无影无踪了。

(李　想)

(**题图**:箭　中)

害群之马

有两个年轻人，一个叫布鲁斯，另一个叫杰克，他们都没啥正经职业，整天在街上瞎混。

这天，两个人又商量着要去搞点钱来。布鲁斯喝了两杯酒，瞪着通红的眼睛问杰克："你有没有胆子跟我去做笔大买卖？"

杰克好奇地问："什么大买卖？"

布鲁斯说："我听人说，哥伦比亚的毒品可便宜了，我们去那里弄点回来卖，怎么样？"

杰克听了吓得一吐舌头，他知道贩卖毒品万一被抓获将意味着什么。可是，花花绿绿的钞票对他来说诱惑更大，于是便答应和布鲁斯一起干。

他们从银行里拿出了全部的积蓄，作为买毒品的本钱，虽然不是很多,但如果干得顺利,也能赚上一笔了。偷运毒品不是简单的事,最困难的一关莫过于通过机场海关的检查,为此,他们制订了周密的计划。

第二天,他们买了机票,登上飞机,到了哥伦比亚首都波哥大,找了家旅馆住下来。在波哥大,一切都很顺利,他们很快找到了卖家,谈妥价钱,用一捆美元换回一只装着白色粉末的袋子。杰克还装出很专业的样子闻了闻,尝了尝,其实他俩对毒品一无所知。然后,他们带着毒品,迅速回到了旅馆房间。

在房间里,两个人开始了细致的"手工作业"。他们拿出事先准备好的两条过滤嘴香烟,小心地把烟卷里的烟丝抠出来,然后塞进白色粉末,再用烟丝把烟头部分伪装好,然后把香烟放回烟盒,按原样封起来,装进机场免税商店的塑料袋。他们打算上飞机的时候把塑料袋拎在手里,就好像是刚从免税商店买的一样。

一切准备停当,第二天,布鲁斯和杰克胆战心惊地踏上了回国的旅程。尽管他们在波哥大顺利登上了飞机,可是这只是成功了一半,对他们来说,还有一道关要过,那就是在到达目的地之前,他们必须要在一个叫奥斯汀的地方换机,也就是说,在转机过程中,他们随时有可能遇到海关人员的又一次检查。

果然,飞机在奥斯汀平稳着陆之后,开始,检查人员对他们手里拎的袋子并没有特别注意,两个人不由暗自庆幸。谁知他们往前走了不到20米,突然被两个官员拦了下来,其中一个官员面无表情地把他俩请进一间小屋,指着他俩手里的塑料袋说:"请把袋子打开,我们要检查一下。"

布鲁斯强装镇静,挤出满脸笑容,说:"这是我俩刚在机场免税商店里买的香烟,每人只买了一条,难道有什么问题吗?"

那个官员冷冷地说:"对不起,这两个袋子没有按规定封口,所以我们必须检查一下……而且,按规定,你们还要付一笔罚金。"

杰克一听傻了眼,结结巴巴地说:"先……先生,我们的飞机就要起飞了,没有时间了……"

另一个官员在一旁微笑着说:"哦,如果你们有急事的话,也可以把香烟留在这里……"

杰克和布鲁斯立即互相望了一眼,从对方的眼神里,他们都看出了同样的意思:丢钱总比丢命强! 于是,他们装出一副很着急的样子,说:"哦,好吧,那就算了……两条烟也值不了几个钱,我们还是去赶飞机吧!"说完,两个人丢下烟,逃命似的跑出了小屋。

烟没了,两个人的发财梦破灭了,而且连老本都输得干干净净。好在人没事,于是他俩悄悄商量接下来该怎么办。

布鲁斯说:"我们现在只能转机回家,任何别的行动,只会引起别人的怀疑。"

杰克哭丧着脸,说:"老天爷保佑,但愿在我们上飞机以前,他们没有发现香烟里的秘密!"

两个人坐在候机口,焦急地等待登机,可越是心急,时间越是过得慢,两个人活像热锅上的蚂蚁,急得满头大汗。

等啊等啊,眼看重新登机的时间要到了,突然,布鲁斯用胳膊捅了杰克一下。杰克一回头,脑袋"嗡"的一下,只见一名机场官员手里提着他们那两个袋子,并且带着两名警察,正朝他们走来。

完了,彻底完了! 杰克和布鲁斯张口结舌地看着这几个人走到他们面前。

可出乎他们意料的是,那名机场官员竟笑容满面地对他们说:"两位先生,真不好意思,我是机场的经理,这是你们的香烟吧? 很抱歉,我是来还烟的。"

杰克和布鲁斯顿时就愣在了那里,谁也不敢伸手去接。

机场经理解释说:"是这样,刚才我们机场的两个官员扣下了你们的香烟,我早就怀疑这两个人平时利用职务之便骗取乘客物品,今天通过监视录像,发现他们拿了你们的香烟,人赃俱获,我已经把这两个害群之马开除了。请你们原谅……"经理边说边把手里的袋子递给杰克。

杰克像做梦一样接过袋子,瞥了一眼,发现里面的烟完好无损,他简直乐坏了,语无伦次地说:"真是太谢谢您了! 这……这两个害群之马,可把我们给害苦了。"

机场经理从口袋里掏出一盒烟,抽出里面的两支,分别递给杰克和布鲁斯,说:"这事儿真是太抱歉了,请抽支烟吧。"

杰克和布鲁斯也不客气,接过烟,机场经理亲自为他们点上,然后又给自己也点了一支,深深地吸了一口。

机场经理微笑着说:"其实,这盒烟就是你们的。刚才我去找那两个没收你们香烟的家伙时,发现他们已经把袋子里的烟拆开,并且打开了其中的一盒,所以我特地去买了一盒新的,把这盒换了出来。请抽吧!"说着,他夹起手中的烟,又深深地吸了一口。

谁知"啊——咳咳咳",机场经理突然被刚才吸进去的烟味呛得猛一阵咳嗽,他把烟举起来横看竖看:"这是什么烟? 你们在里面放了什么东西?"他顿时收起了脸上的笑容:"对不起,我必须把你们和你们的烟一起留下,好好检查一下。"

两个警察大步上前,不费吹灰之力就把已经吓得呆若木鸡的杰克和布鲁斯制服了。

就在这时候,登机口打开,旅客们开始登机了……

(刘　瑞　改编)

(题图:佐　夫)

金蝉脱壳

　　吉娜是个惯窃,她偷了好多好多的贵重财物,可这一次她失手了,她被关进了监狱。这一次再也不像以前那样只是拘留数月,她被判了十年。

　　得知这个判决,吉娜差点疯掉,她过惯了自由放荡的生活,这种重刑对她来说简直比判死刑还要痛苦。但吉娜是个精明人,她会利用有限的户外活动时间,仔细观察周围的一切人和事,尤其是那些监狱后勤人员,她拼命想和他们搞好关系,她早就产生了要逃走的念头。

　　这些后勤人员中,有一个叫布迪的黑人老头,吉娜平时最爱和他搭讪。老布迪平时孤身一人,监狱就是他的家。老布迪的工作很特殊,就是专门给那些被判了死刑的孤身犯人做棺材。

在这所监狱里,每当一个死囚犯被执刑之后,当天夜里 12 点就会响起钟声,然后这个人就会被安放到老布迪做的棺材里,放在停尸房里等待安葬。但老布迪马上就要退休了,虽然他做棺材的手艺精湛,但是他的眼睛得了严重的白内障,看东西已经模糊不清了。

这天下午,吉娜在户外活动的时候又和老布迪搭讪:"你今天看上去气色很好,有什么高兴的事吗?"

"我的快乐都写在脸上了吗?"老布迪的手里紧紧攥着一封信,激动得双手在微微颤抖,"知道吗? 孩子,再过几个月我就要退休离开这里了。半年前,我向政府申请了一笔数目不小的医疗保障金,希望用来治疗我的眼睛,等了这么久,终于收到答复了。"

"哦,真的吗? 那真是太好了,我真为你高兴!"其实吉娜才不会关心老布迪呢,只不过卖弄表面功夫是她最拿手的表演,她走上去给了老布迪一个深深的拥抱。

"孩子,快帮我看看上面说了什么,上面的字我已经看不清楚了。"老布迪把信递给吉娜。"快告诉我,他们打算给我多少钱治我的眼睛?"

吉娜的眼睛一直盯在信上,但是她并没有马上回答老布迪,一个念头在她脑中一闪,她突然显出一副无奈的表情说:"哦,布迪,我真不知道该怎么回答你⋯⋯"

老布迪被她这表情搞糊涂了:"信上到底写了些什么? 难道事情变卦了?"

"上面说⋯⋯"吉娜顿了顿,"上面说,现在资金短缺,他们一时还不能满足你的要求,也许一两年内,他们能拿出给你治病的钱。上面还说⋯⋯"

"别说了。"吉娜话没有说完,就被老布迪打断了,老布迪的脸因为极度失望和痛苦而变得惨白,"我早就该想到他们会这么说,唉,我太天真了,还以为他们给我回信就一定是带来了好消息。孩子,你知道吗,对于一个木匠,眼睛是他的心呀!我在这个监狱里勤勤恳恳工作了大半辈子,可现在如果治疗时间再推迟,今后留给我的世界就只有黑暗了。"

吉娜在心里偷偷地笑:老布迪上当了。其实这封信上说得明明白白,政府已经拨专款给老布迪治疗眼睛,并对这么久才给他回复表示了深深的歉意。但是吉娜在读信的时候,突然想到了一个利用老布迪让自己逃走的计划。她假装安慰老布迪,说了许多宽慰的话,还大骂政府,然后话锋一转,悄悄在老布迪耳边说:"我能帮你治好眼睛。"

老布迪呆呆地看着吉娜,似乎并没有明白她的意思。吉娜于是装模作样地再一次在老布迪耳边说:"我能出钱治好你的眼睛。不瞒你说,在到这里之前,我继承了一大笔遗产,但是在这个该死的地方,我根本无法享用它。布迪,现在只有我们能互相帮助了。"

"你说什么?"老布迪摇摇头,"我还是不懂你的意思。"

吉娜不由在肚子里骂了一句:"真是头不开窍的老蠢驴!"她索性打开天窗说亮话:"直说了吧,只要我能离开这里,你的医疗费就有了,但前提是你必须帮助我逃出去。"

"逃出去?"老布迪吃惊地问道,"你是说,要我帮你越狱?"

"听着,这对你来说是相当容易的。如果有人死了,我先躲在他的棺材里和他一起下葬,然后你再把我从棺材里救出来……"吉娜狡猾地看着老布迪,"那么,我们就都解放了!"

老布迪的脸变得更惨白,他又摇头又摆手:这种事儿怎么能干?吉娜不死心,拼命给他煽风点火,说政府对他做了什么,什么也没做,而且还在他最需要帮助的时候抛弃了他,等等,等等。老布迪低着头,陷入了长久的沉思,空气都好像凝固了一样。

四周显得那么安静。终于,老布迪抬起头,嘴唇微微地动了动,说:"我听你的……"吉娜兴奋地抓住老布迪的胳臂,甜言蜜语地许诺着:"亲爱的,我们是好朋友,只要我出去了,一定会给你一大笔钱,治好你的眼睛!"她边说边偷偷地把政府给老布迪的那封信塞进了自己的口袋。

随后的几天里,吉娜和老布迪一起制定了周密的计划,老布迪给吉娜搞了一把万能钥匙,还在新做的棺材上给吉娜留出一个能让她呼吸的小孔。吉娜相信,只要到时候老布迪及时把她从棺材里救出来,她就一定可以"金蝉脱壳"。

一切准备就绪,现在就等夜半12点的钟声快点响起。但是等待一个人的死亡并不是可以随心所欲的事,一直过了两个月,也不见动静,老布迪的眼睛好像越来越不行了,人也仿佛没了精神,吉娜也更加焦躁起来……

终于在一个夜里12点的时候,钟声响起来了,吉娜兴奋得像小鹿一样跳起来。好不容易等周围的一切都安静下来,她用老布迪给她搞来的那把万能钥匙打开了牢门,然后悄悄溜到停尸房,在那里,她看到了一具棺材。这一刻,吉娜犹豫了,和死人躺在一起是需要足够勇气的,但是为了逃出去,她还是闭上眼睛摸索着躺了进去。四周一片漆黑,只有棺材中的死囚犯与她做伴,丝丝凉气迅速把她全身都笼罩了起来……

天蒙蒙亮的时候,只听有人来开门,吉娜马上警觉起来。随后,她感觉自己躺着的棺材被抬了起来,并在慢慢升高,接着又被放下,随后响起了汽车马达的轰鸣声,估计是开往墓地去下葬的。没过多久,车子就停了下来,好像是棺材被抬下了车,再后来是下葬的感觉,好像棺材被抬进了事先挖好的坑里。吉娜的心总算放了下来,铁锹拍打沙土触动棺材板壁发出的"沙沙"声,树枝上乌鸦的"鸹鸹"哀鸣声,她都听得十分清楚。

突然,有人在叹息:"这人怎么突然就死了?连个亲人也没有,真是可怜。"

"唉，是可怜啊！"旁边有人在附和。

躺在棺材里的吉娜心想：要说可怜，老布迪应该算一个吧？我哪有什么钱去给他治病？还不是在给他在开"空头支票"？等我金蝉脱壳后，谁还会去管他的死活？他只不过是我利用的工具罢了。哈哈，我快要自由了啊！吉娜为自己能想出这样一个妙计而高兴，她想着想着，竟迷迷糊糊地昏睡过去……

好像过了很久，吉娜突然被惊醒，那是因为棺材中的氧气渐渐稀薄了，她的呼吸渐渐艰难起来。"该死！那老东西怎么还没来？"吉娜打起精神，想听听外面有没有脚步声，老布迪该来了呀？

但是一切都那么安静，时间就这么不紧不慢一分一秒地向前走着，而老布迪的脚步声始终没有响起。吉娜用尽全力呼吸着棺材里仅有的那点空气，她的意识渐渐模糊起来……

冰冷的空气渗透到吉娜的身体里，她强撑着从口袋里掏出打火机，想暖和一下身子。可就在她打着火的一刹那，微弱的火光照亮了棺材里狭小的空间，吉娜清楚地看到了身下的那张脸——不是别人，就是那个她千等万等等不来的老布迪！

（孟子萍）

（**题图**：安玉民）

新年特赦令

四年前,杰姆和约翰因为抢劫银行而被捕入狱,被判了八年徒刑。一转眼,一半时间过去了,他们觉得如果在监狱里再呆上四年,实在是太漫长了,于是两个人就合计着怎么越狱,终于想出一个办法,就是参加监狱里的清洁队,争取拿到打扫监狱长办公室的活,然后设法偷到牢房钥匙,伺机越狱。

两个人由于表现积极,果然被分配去打扫监狱长的办公室。

监狱长是个足球迷,于是吉姆就边打扫和监狱长侃足球,同时,他的眼睛四下搜索,终于发现了目标:就在第三个橱柜里,挂着牢房主楼,也就是吉姆和约翰他们住的这幢楼的备用钥匙。吉姆不动声色,用抹布将"目标"卷了进去。

很快,吉姆和约翰在大院的楼道上碰头了。

吉姆说:"我拿到了宝贝,你呢?"

约翰笑道:"我也搞定。今天夜里,报警器不会响了。"

晚上八点钟,吉姆和约翰坐在他们的牢房里,听着楼道里看守的脚步声远去了,就悄悄开锁溜了出去。两个人一路上避过看守来到地下室,那里有许多堆得高高的箱子,正好为他们提供了掩护。不久,一辆货车开进来,那是给监狱送食物的车,狱警们从车上卸下供应给厨房的鲜肉、水果和蔬菜。

关键时刻到了,卸完货以后,货车朝着箱子倒开过来,吉姆和约翰悄悄从他们的藏身处钻出来,迅速爬到货车上,没有人发现他们,一位警官锁上了车后盖,车子就开动了。于是,吉姆和约翰几乎没费什么大力就顺利逃出监狱,来到一个空仓库里呆了一夜,打算等天亮以后搭别的货车继续逃。

天渐渐亮了,可是车还没有来,约翰从地上抓起一份报纸,借着从窗外透进来的光线看着。

忽然,他坐了起来,嚷嚷道:"嗨,州长计划在新年来一次特赦。"

吉姆笑着说:"那又怎样?我们反正已经自己给自己提前特赦了。"

约翰瞪圆了眼睛看着他的同伴:"你听我说,特赦令适合那些刑期在十年以下的囚犯。如果到 12 月 31 日,他们至少坐完了一半时间的牢,就可以获得特赦。"

吉姆一听,脸色变了:"我们是在四年前的最后一天抢的银行,元旦前一天我们被抓进了牢里,我们的一半刑期正好是在 12 月 31 日这一天结束。"

"妈的!"约翰气得跺脚道,"我们很快就可以获得正式自由了,为什么还要逃呢?他们会追我们追到死!要是被逮住了,我们还得额外再多坐几年牢。"

吉姆沉默不语。

约翰又冲着他叫道："都是你出的主意！这下好了，你懊悔了吧？"

吉姆突然抬起头来，说："我有一个办法！我们去找一家报社，就说我们根本不想逃跑，只是开个玩笑，让人们注意到监狱里的安全措施有多么糟糕，希望引起他们警惕。那样一来，我们不就是英雄了？我们不但会得到舆论的保护，说不定从此还出名了呢！"

约翰一听，不由兴奋起来，连连责怪自己怎么就没有想到呢？再四处一找，嘿，仓库门口就有一部电话！老天爷真是关照啊！

于是，两人就行动起来。

不到一个小时，吉姆和约翰就在报社大楼里受到了主编的亲自接待。对方准备了冷餐会，甚至还准备了香槟酒，记者们提了无数的问题，镁光灯在他们面前闪个不停，把他们的眼睛都给闪花了。

吉姆和约翰又吃又喝，快乐地过了一天，直到晚上，他们被一大群新闻记者们簇拥着，回到了监狱。

第二天上午，两个人被带进监狱长办公室。监狱长的办公桌上有一张晨报特刊，上面登着他们的巨幅照片。

监狱长冷冷地看了他们一眼，说："先生们，请坐，你们可以引以为荣了，州长已经因为我的失职，解除了我的职务。"

吉姆和约翰互相看了一眼，想说点什么，可是监狱长做了个手势，阻止了他们。

监狱长继续对他们说："同时检察院也认为，你们是最清白无辜的羔羊，因此，越狱不会给你们带来新的惩罚。"

吉姆故作惊讶地说："我们只是为了提醒监狱，要加强安全措施……"他嘴上这样说着，脸上却抑制不住得意的笑。

约翰也在一边附和："对对对，我们只是为了提醒防止其他犯人逃跑,我们本来就可以享受特赦,根本不用这么做……"

谁知他话音未落,监狱长就忍不住笑出声来。他轻蔑地看了他们一眼,嘲笑说:"先生们,你们不要耍小聪明了! 本来到12月31日你们刚好服完一半刑期,但昨天这次小小的郊游,你们花了一天的时间,正由于少了这一天,你们就不符合这次特赦的条件。所以,我可以正式告诉你们,你们不能获得这次特赦,你们的刑期还是八年。"

（肖　艳）

（题图:佐　夫）

恶 有 恶 报

世上没有为恶而作恶的人，有的都是企图从恶中取得利益、快乐、名誉而为之的。

精神杀手

　　有个水手,名叫亨利。一次,他在甲板上值班,一个巨浪打来,把他卷进了大海,幸亏同伴及时发现,才把他救了上来。可从那以后,他就特别害怕大海,他甚至有一种预感,觉得自己早晚有一天会被淹死。

　　这样的日子真难熬,于是亨利下定决心,不再当水手,最好去一个远离大海、连河都没有的地方生活,那样才能舒心地过太平日子。

　　说来也巧,那天,亨利忽然收到一封信,信是他的一个堂兄写来的,那个堂兄是个老光棍,两个人已经多年没有联系了。堂兄在信里说,自己得了一种怪病,医生说最多还有一两个月的时间了,因为他从没结过婚,也没有其他亲戚,因此他的整个农场都将由亨利来继承。

看完信,亨利高兴坏了。这下可好了！他终于能脱离苦海,到一个安全的地方去过下半辈子了。

可是他的兴奋劲儿还没过去,又犯起愁来。堂兄的农场在得克萨斯,自己还在大海上航行,此去千里迢迢,路费从哪儿来?要知道亨利是个赌鬼,不仅身无分文,还欠了一屁股赌债,连下半年的薪水都已经预支掉了。没有钱,就去不了得克萨斯,也继承不到堂兄的农场,更过不了安生日子。想到这里,亨利的心里真是火烧火燎的,从来没有这么难受过,他一个人跑到甲板上去散心。

这时,天已经全黑了,海水像个黑色的妖怪,发出"轰轰"的响声,听得人心惊胆战,亨利顿时起了一身鸡皮疙瘩。他刚想回舱,忽然发现船舷边有位乘客,独自一人,手握栏杆,正在眺望大海,亨利借着月色仔细一看,认出是那个富有的英国乘客。这个乘客是个暴发户,他一上船,就整天拿着一个鼓鼓囊囊的皮钱包,亨利见他从皮包里拿过两次钱,都是大面额的票子,每次都看得亨利直流口水。

突然,一个邪恶的念头从亨利的心底冒了出来:如果把那个英国人手里的钱包抢过来,不就有了去得克萨斯的路费吗?

一不做二不休,亨利左右张看,确认四下无人以后,便悄无声息地走到那个英国乘客的背后,左手猛地捂住他的嘴,右手抓住他的钱包,然后将他高高举起,投入大海。海水激起一片泡沫,英国乘客的惨叫声迅速消失在黑夜里。

亨利手里握着那只鼓鼓囊囊的钱包,得意地笑了起来。

就这样,亨利辞掉了水手的工作,靠着这只钱包里的钱,终于来到了得克萨斯。一路上,他花天酒地,肆意挥霍,最后钱包里面只剩下了5美元。不过这算不了什么,想到马上就能拥有自己的农场了,亨利激动得浑身发抖。

　　按照地图的指引,亨利东打听西询问,终于找到了堂兄的农场。他一算时间,从堂兄寄出那封信到现在足足有 2 个多月了,如果医生说的没错,堂兄应该已经死了。亨利打算先看一眼自己即将拥有的农场,然后再去找律师办手续。

　　走进农场,亨利忽然感觉苗头不对:怎么回事? 农场里的一切显得井井有条,牛羊在草地上欢快地叫,麦苗儿在地里朝他微微笑,空气里甚至还有一股烤肉的香味儿,根本不像是一个主人已经死掉,没人照看的农场。

　　难道堂兄的病好了? 自己是空欢喜一场? 亨利的心往下一沉,他忐忑不安地往农场中央的小房子走去,那所房子刚刷好油漆,显得焕然一新。亨利抬起手,敲了敲房门,里面果然传来了响动,不一会儿门开了,出来一个胖女人,扎着一条花布的围裙。

　　胖女人粗声粗气地问:"有什么事?"

　　亨利搓搓手,紧张地问:"呃……亚历克 · 马斯凯在这儿吗?"

　　胖女人翻了翻白眼:"他死了,上个月死了。我是他的遗孀,你有什么事?"

　　遗孀? 亨利听到这两个字,差点没昏过去。好半天他才回过神,结结巴巴地问:"他、他不是没有结过婚吗? 他在信里告诉我的!你怎么会是他的遗孀?"

　　胖女人的脸沉了下来,上下打量了亨利几眼,恶狠狠地说:"你是不是他那个在海上做事的堂弟?"

　　"是的,是的,"亨利连忙说,"他写信告诉我,我是他唯一的合法继承人,这地方是我的。"

　　"哈哈……"胖女人尖着嗓子笑起来,"先生,现在这地方不是你的了! 有一点你不知道,他结婚了! 是在给你写那封信以后结婚的! 他得病以后一直是我在照顾他,最后他就爱上了我,所以我们结婚了! 现在我才是他的合法继承人,我是这里的主人。"

亨利像是被锤子重重砸在头上,他发疯似的咆哮起来:"你这个疯女人,强盗!你是个魔鬼!他一定是病糊涂了,才被你骗到了手!这是我的房子,你见鬼去吧!"

胖女人的脸变得通红,她厉声说:"你快滚出去,滚回到你的海上去吧!这是我的房子,我跟他是合法夫妻!你再胡搅蛮缠,别怪我不客气,我要报警了!"说着,她退后两步,去拿门边的电话。

这时的亨利完全丧失了理智,他知道自己如果得不到这个农场,就不得不回去当水手,在船上担惊受怕,最后淹死在大海里。他来不及细想,一个大步冲了上去,死死掐住了胖女人的喉咙。胖女人拼命挣扎,亨利用尽全身的力气把她往死里掐……

也不知掐了多久,亨利发觉胖女人不动了,软绵绵的像一根面条,他松开手,一探她的鼻息,已经死了。

亨利把胖女人扔在地上,心里迅速地盘算对策。好在他来到这个农场以后,还没有遇到过任何人,他只要找个地方躲上一两个月再回来,这个农场还会是他的。

想到这里,亨利急忙进屋,把房间里翻得乱七八糟,将翻到的首饰和现金都塞进自己的腰包,这样看起来就像一个过路小偷作的案。然后,亨利穿过房间,从后门走了出来。

他刚想离开,突然从田间传来了说话声,胖女人雇来干活的两个帮手正朝这里走来。

被他们看见自己就全完了!亨利慌慌张张地找地方躲藏,越急越找不到,越找不到越急,而这时说话的声音已经很近了,两个人已经到了门口……

就在这千钧一发的关头,亨利看见院子里有一辆大挂车,他不及多想,就爬上了挂车。这个挂车很深,有两米多高,里面装的是满满一车蓖麻籽。蓖麻籽看起来光溜溜的,充满了诱惑。

亨利心里一喜:只要躺在上面,谁也不会发现他。

亨利翻过车帮,往下一滚,就滚到蓖麻籽上面了。可是,他并没有像预料中的那样躺在蓖麻籽上,而是在向下沉,蓖麻籽就像流沙一样,仿佛有一股无形的吸力,把他吸下去。亨利发现不妙,就想挣扎,可是他越动,往下沉的速度就越快,他双手乱挥,想去抓住车帮,可是已经够不到了,他只觉得自己的身子迅速沉下去。蓖麻籽飞快地涨上来,很快淹没了他的肩、脸颊、嘴和鼻子……他想喊叫,可是刚一张嘴,细密的蓖麻籽就钻进了嘴巴,他什么声音也发不出来,很快,他的鼻孔、眼睛、耳朵便被蓖麻籽塞满了,他喘不过气来,渐渐地失去了知觉……

亨利的噩梦终于变成了现实——他被淹死了,只是他没有被海水淹死,而是被满满一车蓖麻籽淹死了。

(孙 芳 改编)

(题图:箭 中)

作弊的噩梦

　　汉斯是个穷学生,独自住在公寓楼的一套房子里,每天过着深居简出的生活。

　　汉斯不和其他邻居来往,并不是因为羞怯,而是不想以一个穷学生的身份和周围的人相处。他想好了,等自己拿到了博士学位,就在房门上钉一个牌子,牌子上写上:汉斯·海涅博士。到那个时候,他就会热情地和楼里的每一个人打招呼,而他的邻居们也会惊奇地发现,原来这个面色苍白的年轻人,是一位令人尊敬的大博士。

　　当期待已久的时刻真正到来的时候,汉斯激动得有点不知所措。博士学位颁发仪式之后,他就直奔牌匾制作商店,让他们当场制作一个带有他名字和头衔的漂亮的小铁牌。

　　在商店等待的时刻,是汉斯经历过的最美妙的等候。从商店出来,他把小铁牌紧紧抓在手里,兴冲冲地回到公寓,几分钟以后,他就已经把小铁牌挂在了房门上。他后退几步,前后左右地端详着,想起自己以往的坎坷生活:可恨的中学时代,从父母家逃离,单调的大学生活……这一切都充满了紧张和焦虑。他觉得自己从来没有像现在这么轻松和开心过,未来的工作和生活将不会再让他烦恼。

　　汉斯决定去买点巧克力之类的小礼物,因为从今天起,他要开始和邻居们交往,说不定晚上就会有邻居带着孩子来拜访,那么自己就该像成年人一样送礼物给孩子们。想到这里,汉斯便兴致勃勃地再次出门。

　　当他带着礼物回来的时候,在楼下信箱里发现有个蓝色的信封。他觉得很奇怪,多年来,自己和周围人几乎没什么联系,这会是一封什么信呢? 他一面上楼一面猜测,走到家门口的时候,又欣赏了一会挂在门上写有"汉斯·海涅博士"的小铁牌,他相信应该有很多邻居已经看到这块牌子了,由此而来的新的生活就要开始了。

　　进屋之后,他放下手里的东西,便迫不及待地把信拆开,读了起来。渐渐地,他的脸色变了,他找了根烟点上,尽量让自己拿信的手不要颤抖。他努力使自己平静下来,把信从头到尾又仔细读了一遍。

　　信是这样写的:

　　尊敬的汉斯先生:

　　　　很遗憾地通知你,根据我手上掌握的证据,你曾经在10年前的中考中作过弊。尽管我退休多年,但对此事却不能坐视不管。我不想毁掉你如今来之不易的生活,故而请你于10月17日18时到我家重新补考。如果你未能如约,届时我将向学校当局举报。

　　顺致友好问候。

你曾经的老师　雷欧普德·布赖

　　"根本不可能。"汉斯一边自言自语,一边回想起那次可怕的中学考试。当时他的数学和生物没有考好,中学考试"翻船",意味着将失去继续读大学的权利,汉斯不愿因为自己一时的失误而毁掉大好前程,于是当晚便偷偷摸到老师、也就是布赖先生的办公室,将自己那两份不合格的卷子改掉了。多年来,他一直以为这件事再没有第二个人知道,可没想到,根本就没有逃过布赖先生的眼睛。这太可怕了!想想自己刚刚得到博士学位,如果来之不易的美好前程就这么毁于一旦,他的日子也就到头了。所以没有什么多考虑的,汉斯必须去。

　　当汉斯按信上的地址,赶到布赖先生家门口的时候,他感觉自己就像走上了断头台。他稍稍让自己定了定神,然后按响了门铃,透过门上的玻璃,他看到厅里亮着灯,布赖先生似乎在等他。

　　布赖先生把房门打开的时候,汉斯有些慌张,倒是布赖先生这些年几乎没什么变化,还是衣着得体,声音铿锵,有点让人敬畏的样子。"请进,年轻人,"他一开口,声如洪钟,"与以前上课一样,你总是迟到 5 分钟。"

　　汉斯没说话,随布赖先生走进客厅,在沙发上坐了下来。

　　"年轻人,"布赖先生直截了当地说,"还记得吗?你曾经做过一件不应该做的事。不过,我会给每个犯错的人一次改正的机会,我在地下室专门为你布置了考场,你有足够的时间来回答问题。"

　　布赖先生说话时的神态,是汉斯上学时就非常讨厌的。当年,布赖先生曾经无数次地用这种神态嘲讽汉斯,让他在黑板前站着。多年来汉斯坚定地认为,这段经历已经永远成为过去,可谁知现在这情景又要在地下室重演了。

"还是赶快去补考吧,我的朋友!"布赖先生脸上那种似笑非笑的表情,让汉斯想到了痛苦的过去,他跟着布赖先生往地下室走去,一路上,突然感觉不到了自己意识的存在。也许,正因为汉斯处于一种无意识的状态,所以当他的胳膊碰到壁炉边上的捅火钩时,几乎想都没想,就把它拿在手里,闪电般地朝布赖先生的头上打去,布赖先生一下子瘫倒在地上,不动了。

最意想不到的事情就这么发生了,而且再也无法改变。不过汉斯并没有因为自己的冒失而后悔,他清醒过来以后,觉得这倒是个不错的解决办法,干脆而利落。他决定赶紧去地下室把补考的卷子销毁掉,说不定布赖先生已经在那卷子上写上了他补考者的名字。

黑暗中,汉斯继续往地下室走去。可让他万万没有想到的是,当他打开地下室的门时,里面顿时爆发出震耳欲聋的欢呼声,几乎是同时,灯亮了,把地下室照得如同白昼。汉斯看到里面有很多人,每个人都端着香槟朝他微笑,往他身上喷彩色的碎纸屑,热烈地拥抱他——他们都是他中学时候的同学。

"你感到惊奇吗?"当年的班长问汉斯,"我们祝贺你获得了博士学位! 你的成功就是我们今天聚会的理由。不过,你没事吧? 你的脸色好像不太好。"

"我,我……"

"你认为我们准备的补考玩笑怎么样,是不是有点上当的感觉? 布赖先生也觉得这样做不合适。咦,布赖先生呢,他人在哪里啊?"

汉斯的脑袋"嗡嗡"作响,眼前一阵眩晕。

(徐兆年　改编)

(题图:箭　中)

雪比亚麻布更白

　　贝克是纽约街头的一个小混混，最近惹上了大麻烦。他向黑帮头子比尔借了一笔高利贷，昨天比尔给他下了最后通牒，要他在十天之内连本带息把钱还上，否则就把他扔进海里去喂鲨鱼。贝克知道比尔是个杀人不眨眼的家伙，他说到就能做到。

　　贝克是个孤儿，只有一个住在阿拉斯加的 67 岁的婶婶，叫若丝。虽说若丝婶婶膝下无子，早就立下遗嘱指明贝克是她惟一合法的财产继承人，可她的身子骨却硬朗得很，再活十年八年也不会有问题，要想马上得到她的财产，除非把她干掉。可作为侦探小说的狂热爱好者，贝克知道，做这种事情，往往是搬起石头砸自己的脚。

　　这天晚上，贝克躺在床上心烦意乱，怎么也睡不着，便随手抓起放在床头的侦探小说《雪比亚麻布更白》翻阅起来。不一会儿,他就被小说里的故事情节牢牢地吸引住了,小说描写有个侄子为了得到遗产,如何谋杀他的富得流油的叔叔。贝克一口气读完了整本小说,对它的作者玛雅佩服极了,他心里不住地感叹:"这真是个天衣无缝的杀人计划!"

突然,贝克心里一动。他想了想,就拿起电话,拨通了住在阿拉斯加的若丝婶婶,说自己很想去看看她。婶婶接了电话自然高兴,于是贝克第二天就动身了。

两天后,贝克在阿拉斯加见到了若丝婶婶。

贝克用他装模作样甜得发腻的声调说:"亲爱的婶婶,见到您真是太高兴了。"他用身上所有的钱在饭店订了一个房间,还预租了一辆有大功率立体音响设备的豪华轿车。

一切准备好之后,第二天上午,贝克敲开若丝婶婶家的房门,微笑着说:"婶婶,我陪您去山上兜兜风怎么样?阿拉斯加这么美的雪景,您平时很少出门,一定也难得看到吧?"

若丝婶婶开心得不住地点头,说:"亲爱的,这真是个不错的主意,太好了!不过,我必须在傍晚五点之前回来,因为我和朋友还有个约会。"

"没问题!"贝克拍着胸脯,"婶婶,我一定准时把您送回来。"

一小时后,贝克驾着那辆租来的豪华轿车,在陡峭的盘山公路上缓缓行驶,山路两边如诗如画的雪山美景,让若丝婶婶惊叹不已。车开了将近两个小时以后,前方出现的奇景更让他们瞠目结舌!只见虎狼般的雪浪不断地在朝一块从坡顶延伸出来的雪地上喷涌。

贝克把车开到雪地前停下来,他取出一张看来是早已准备好了的 CD,插入播放器,将音量调到最大,然后朝若丝婶婶一笑,说:"对不起,婶婶,我要去方便一下。"说着便跳下车,向车后走去,"婶婶,我去去就回,您在车里听听音乐吧。"

柔和悠扬的乐曲声在豪华的车厢里飘扬着,简直就像是专门在为若丝婶婶演奏,老太太舒服地闭上眼睛欣赏着,脸上的神情优雅而安详……突然,"嗵"的一声,若丝婶婶吓得从座位上猛地弹了起来,乐曲的风格完全变了,出现了交响乐的巨响,那排山倒海的巨大声浪涌出车厢,震动了整个山谷,被巨声波震裂的雪块,纷纷往下掉落。

这时候,贝克已经走出好长一段路,离轿车很远了,听到身后的巨响,不禁狡黠一笑。这其实是他学《雪比亚麻布更白》里那个丧尽天良的侄子用的一招,故意设下的计谋。

贝克幸灾乐祸地回头朝轿车看去。他本以为他将会亲眼看到若丝婶婶被雪崩掩埋,可谁知此时若丝婶婶的一只脚已经跨出了车门。不行,既然婶婶已经看穿了我的计谋,我就不能让她活着回去,否则以后还怎么继承她的遗产?贝克不由自主地大叫起来:"婶婶!婶婶!"

若丝婶婶似乎没有听到,下车后不慌不忙地朝他相反的方向走去。贝克恐惧极了,也来不及多想,疯狂地朝轿车奔去。此时,正是交响乐的最大音量区,那声音冲出车门涌向四周,整个山谷都颤动起来,越来越多的雪块被震得纷纷往下掉落,几乎是眨眼之间,巨大的雪块"轰"地塌下来,把贝克埋在了底下。

下午五点钟,若丝婶婶准时回到了自己的家里,一位两鬓斑白的老先生早已在那里等候她了。

老先生握着她的手说:"对您侄子的死,我深表同情。"停了停,又接着说,"您侄子死的方式和地点,与您在《雪比亚麻布更白》中描述的几乎完全一样,您看这会是巧合吗?"

其实,若丝婶婶就是《雪比亚麻布更白》的作者,玛雅是她的笔名,而这位两鬓斑白的老先生,则是为若丝婶婶出书的出版商。

若丝婶婶耸耸肩,回答说:"可是我之所以从车里走出来,是因为我的心脏受不了那吵人的音响,而我又不知道该怎样关掉它。"

(李 林 编译)

（**题图**：箭　中）

今天运气真好

　　乔治娜是个护士,那天傍晚她从医院下班回家经过图书馆时,进去找了一本关于烹调方面的书,坐在那儿专心翻看。突然,有个男人向她靠过来,在离她非常近的地方坐下来,她觉得很不自在。

　　乔治娜悄悄往边上挪了一下,同时飞快地向四周瞥了一眼。她发现图书馆里其实还有许多空位,不知这个男人为什么偏偏要坐得离她这么近?不过,这里是公共场所,谅他也不能对自己怎么样,乔治娜一面在心里安慰自己,一面继续翻着手里的烹饪书。明天有朋友来家里做客,乔治娜想从书里找找,看看可以做出什么新花样的菜。

　　过了一会儿,只见那个男人侧身向她凑过来,小声地对她说:"请一定收下,我需要您。"说着,他从桌子底下拿出一包东西,放在她的膝上,然后猛地站起来,朝图书馆外走去。

乔治娜感觉膝上的这包东西沉甸甸的,一时不知所措。这是怎么回事? 是他送我礼物? 他为什么要送我礼物呢? 难道他是我儿时的什么伙伴,我现在已经认不出他来了?

乔治娜又紧张又好奇,犹豫着是不是要立刻将它打开,她的心"怦怦怦"直跳:里面会是炸弹吗? 会不会顷刻之间一声轰响,然后就被炸得粉身碎骨? 乔治娜胡乱猜测着,吓得简直要叫出声来,但是她没有,她知道这里是图书馆,不可以在这里大声喧哗。

乔治娜的脑子在飞转:现在必须做的事情就是站起来走人,不管那是什么东西,就让它放在这里,谁爱拿走就拿走好了。这么一想,乔治娜把这包东西往桌上一放,就打算离开。可是正当她站起身要走的时候,无意中一瞥,发现纸包上歪歪斜斜用蓝墨水写着的收件人名字,竟是她"乔治娜"。

乔治娜惊异极了,赶紧抬头往图书馆门口看,可是那个男人早没了影。乔治娜的好奇心被大大吊了起来,她决心要找出答案,现在唯一的办法就是先将这包东西带回家。于是她合上书,将包裹夹在腋下,走出了图书馆。

回到家里,乔治娜迫不及待地将包裹打开。令她怎么也没有想到的是,里面包着的原来是一只鞋盒子,揭开盒盖,居然是满满一盒子爆米花。

看来,爆米花下面肯定藏着什么东西,否则盒子不会这么重。会是什么东西呢? 一条蛇,还是一只毒蜘蛛?

乔治娜看着这一盒东西,心里犹豫着:是把爆米花一点点弄出来呢,还是一下子都倒出来? 最终她选择了后者,咬咬牙索性捧着盒子走到厨房的水槽前,将里面的东西一股脑儿全倒进水槽。

只听"嘣"的一声，一盒子爆米花在水槽里四处散了开来，里面掉出了一块砖头，一块久经风雨侵蚀的红砖。

这事儿真有点莫名其妙，太奇怪了！乔治娜百思不得其解，她找出一把火钳，夹住这块红砖，翻来覆去地看，可什么名堂也没有看出来。这不就是一块最普通不过的红砖嘛，上面什么也没有，既没有刻字，也没有雕画。乔治娜反复琢磨，实在想不出一个究竟来。

这么几番折腾，夜已经深了，乔治娜再也无法忍受这种莫名其妙的折磨，于是拿起这块奇怪的红砖，就往后窗外扔去……

再说那个形迹诡秘的男人，他的名字叫罗杰。罗杰一向认为自己的运气不错，总有许多机会出来钓他的猎物，比如今天就是。在离家之前，他就准备好了他的"钓饵"，这钓饵就是鞋盒里的那块红砖。因为罗杰要钓的不是鱼，是女人。罗杰其实是一个心理扭曲、专门谋杀女人的杀人狂，在他看来，杀死一个年轻的女人，要比挤身上的疖子有趣得多。

罗杰选择的都是那些将自己的姓名暴露在他面前的女性，她们的名字有的镌刻在随身携带的小饰物上，有的绣在背包上，有的印在胸卡上。罗杰每次选中了猎物后，就会送给对方一个写有她名字的包裹；收到包裹的女子看到上面有自己的名字大为好奇，想着不知是谁送的礼物，往往不好意思在公众场合打开，就会拿回家去好好琢磨，而罗杰就趁机尾随她们而去。这些女性就是这样掉进他所设计的陷阱里。

这天，罗杰来到图书馆，在五分钟的时间里选定了两个猎物，一个是服务台的图书管理员，一个是正巧来这儿看书的乔治娜。因为图书管理员要坐班，所以罗杰最后选定了乔治娜，将她的名字写在事先准备的包裹上，将包扔到她膝上后便假装离开，其实他一直在图书馆外面守候着，等乔治娜回家时便尾随在后。

乔治娜住在公寓房的三楼，罗杰便在楼下蹲守，当月亮高高升起时,他开始行动了,沿着防火梯向楼上爬,准备潜入乔治娜的房间。

夜很静,罗杰听得到自己的心跳声,他正努力向上爬着,突然一块红砖从天而降……

这也许就是罗杰所谓的运气吧,红砖头不偏不倚正好砸在他的脑袋上,他一头栽了下去!

被自己使用的钓饵砸死,这不会也是他事先设计好的吧?

(方陵生　编译)

(**题图:佐　夫**)

最有意义的死亡者

亨利是个吃喝嫖赌、挥金如土的浪荡子,而他父亲虽然拥有亿万财产,生活却很俭朴,而且还是个慈善家,所以平日里父子俩关系很紧张,简直到了水火不容的地步。

这天,父子俩又大吵一场,父亲忍无可忍,气呼呼地说:"我警告你,如果你再不思悔改,我就宣布断绝咱们的父子关系,让你尝尝什么是饥寒交迫的滋味……"

亨利冷笑一声:"随你的便!哼,你不如把钱都给那些穷鬼,或者,索性就带进棺材里去吧!"

亨利这番话,气得父亲手脚冰凉,浑身直颤,而亨利却头也不回地扬长而去。

亨利出了家门就驾车直奔赌场,老板华莱士见亨利来了,立刻笑脸相迎。亨利是那儿的常客，所以与老板也没有什么寒暄，一进贵宾室就豪赌起来，直赌得昏天黑地才罢手，结果一结账，他整整输掉了一百万。

望着欠单，亨利不由犯起了嘀咕：往常吃喝嫖赌过后就签单走人，钱自然由父亲来付，可这次一下输了一百万，老爷子知道了非被活活气死不可，说不定还真就会把自己一脚踹出家门。这可怎么办好？

亨利忐忑不安地驾车回家，见门口停着几辆车，家里好像来了不少人。怎么回事？他正奇怪着，一个佣人跑过来，焦急地对他说："亨利先生，不好了，你走后老爷心脏病发作，怕是没治了……"

亨利一惊，继而又一想：没治就没治，索性死了倒也省心，从此再不用受他唠唠叨叨的管束了。他径直来到父亲的房间，一看，所有的亲戚都来了，律师也在场。这时，他父亲似乎只剩下最后一口气了，看到他来，瞪着两眼直直地望着他，似乎想说什么，可是又什么也没说，头一歪，就死了。

众目睽睽之下，律师开始宣读亨利父亲的遗嘱。父亲在遗嘱中说，他死后，除留一百万作为亨利的生活费外，余下的所有财产全部赠予慈善机构；即使给亨利的一百万，也得由银行保管，亨利只能定期限额支取；至于现有的这套住房，亨利可以终生免费使用……

亨利听完，差点气晕过去，他恨不得把父亲从床上拉起来，让他把这份遗嘱撕了。此时，他最最担心的是自己在赌场欠下的那一百万赌债，这钱还不出，华莱士是不会善罢甘休的。

果然，父亲的葬礼刚举行完，华莱士的电话就打了过来，令他三天内必须还钱，否则就送他到天堂陪他父亲去。亨利知道华莱士是个心狠手辣、说到做到的家伙，现在唯一的办法，只能去求助那些以前受过他们家恩惠的亲戚们。可是他跑遍了所有的亲戚家,一分钱也没有借到,人家不是对他冷嘲热讽,就是闭门不见——他早把自己的"牌子"做坏啦!

三天的时间眨眼就到,华莱士的杀手马上就要上门了,面对死期的临近,亨利实在不甘心坐以待毙。他从报上看到一则消息,说是有一种最新研制成功的高科技防身武器,叫远红外自动瞄准发射器,在九十度范围内能自动搜索目标,一旦发出指令,它就会一枪置对方于死地。亨利找到这家公司,当场一试验,效果确实很好,这玩意儿看上去像装饰品,没有人会相信这是一件杀人武器。

亨利让佣人把家里角角落落能搜罗到的零钱统统集中起来给他,总算把这玩意儿买了回来。他把它安装在自己卧室对着门的墙壁上,他断定晚上华莱士肯定要上门来找他,他要让华莱士成为一个活靶子。

深夜,楼下果然传来一阵脚步声,亨利的心提到了嗓子眼儿。只听那声音越走越近,越走越近,终于在房门口停了下来,随后门"吱"地一声被推开一条缝,一个脑袋探进来说:"伙计,我可不想黑着灯杀人,把屋子搞亮些,我会让你死得很舒服。"

亨利愣住了。此时,他如果对那个新式武器发出指令,华莱士的脑袋准会留下一个大窟窿。不过游戏才刚刚开始,他可不想这么快就结束,于是打开了灯。

华莱士腆着大肚子走了进来:"你好,亨利,我今天必须亲自来解决你。不过看在以往交情的分上,你现在还钱还来得及。"

亨利耸耸肩,装出一副无可奈何的表情,说:"你该知道我现在的处境。如果你觉得我的命值一百万,那你尽管拿去好了……"

华莱士撇撇嘴:"那好吧,别怪我心狠手辣……说说吧,想怎么死,我成全你。"

这时,亨利觉得是时候了,他举起手,打了个清脆的响指,这是他在对新式武器发指令。可是奇怪,发射器居然没有动静,他马上又打了一个响指,还是没有动静。咦,难道那玩意儿出了问题,或者说压根就是个骗人的东西?

亨利沉不住气了,手忙脚乱地又是一番折腾。华莱士被他奇怪的举动搞得摸不着头脑,大喝一声:"好了,伙计,我的时间是用金子来计算的。你该上路了。"说着,用枪对准了他。

亨利两眼一闭,心说:完了!

只听"砰"的一声枪响了,亨利的脑子里一片空白。可是过了一会,他睁开眼睛,发现自己居然好好的,而华莱士却倒在地上气绝身亡。亨利眨眨眼,抬头望望墙壁上的发射器,心想:难道关键时候这玩意儿果真起作用了? 真是太妙了!

就在这时,突然从卧室的壁橱门里钻出一个人来,手里拿着枪。亨利吓坏了,结结巴巴地问:"你……你是谁?"

那人回答:"亨利先生,我是保险公司给您派来的保镖。"

"保险公司派来的保镖?"亨利被弄糊涂了。其实,他哪里知道,他父亲生前早就预料到他迟早会捅下大娄子,于是就给他上了一份终身保险。那里面规定:除亨利生病或自杀死亡外,凡是他的一切非自然死亡,保险公司都将支付一千万元赔偿金,当然,他父亲指定的受益人不会是亨利,而是一家慈善机构。

现在,保险公司得知亨利遇上了麻烦,自然不会袖手旁观。亨利明白个中缘由,不由心中大喜,觉得今后自己即使闯下天大的乱子,有保险公司在也没关系了,他乐得"噌"地从地上跳起来,得意忘形地打了声呼哨。

可就在这时,意外的事情发生了,只听发射器"砰"一声响,亨利一声都没吭,就一头栽倒在地上。原来,由于手忙脚乱,亨利把发射器的指令设置错了,呼哨才是正确指令。

亨利死后,慈善机构用他那笔保险赔偿金帮助了上万名饥寒交迫的人。有人特地给他立了块墓碑,上面写着:这个人是世界上最有意义的死亡者。

（赵再年）

（**题图:**佐　夫）

看谁笑到最后

　　山本是个菜农,种菜很有一套,著名的詹姆士蔬菜公司一直是他的老买主。可是这天,公司回掉了他的生意,因为有一个新客户提供的蔬菜质量比山本的要好,而且价格又便宜。

　　山本心里很不甘心,于是趁新客户给詹姆士公司送菜的时候,就躲在一边偷看。他原本是想摸摸新客户的底细,谁知当新客户出现在他眼前的时候,他大吃一惊:这不就是那个叫李东顺的中国人吗?十多年前山本曾经和他一起在餐馆打过工,关系处得挺不错。

　　于是待李东顺送完菜走出公司,山本立刻迎了上去:"李先生,还记得我吗?"

　　李东顺一看:"啊,是山本先生,见到你太高兴了!"

山本没好意思说自己被詹姆士公司回了，只是和李东顺聊送菜的事。李东顺听说山本也在种菜，当场就和他约定，第二天彼此到对方的菜地看看。

第二天，山本先带李东顺去看自己的菜地。山本的菜地离詹姆士公司不远，共有五十亩，远远望去，绿油油一大片，长势非常喜人。站在自己苦心经营的菜地面前，山本不禁有些沾沾自喜，可谁知后来到李东顺的菜地一看，他简直惊得目瞪口呆：李东顺的菜地虽然周边看上去很荒凉，但菜地的这块土却非常肥美，难怪种在上面的蔬菜长得这么好。

山本记得李东顺曾经对自己说过，他以前在中国只是一个普通的农民，是通过亲戚关系才出来打工的，想挣点钱自己盖一座房子。他自己并没有什么特长，平时干的都是力气活，怎么可能有钱买下这么一大块土地呢？山本觉得很好奇，便问他："这块地，是你自己买下的？"

李东顺摇摇头："我哪有钱买地啊！"他兴奋地告诉山本，差不多是十年前，有段时间他给别人送货，天天经过这里，看到这么多地荒着没人管，觉得实在可惜，于是就开出一片来种菜。"哈哈，这是老天爷要帮我啊，这么多年了，从来没有人来管过，所以我打算接下来把种菜挣下的钱全拿来做投资，把剩下的荒地全开出来。"

山本一听，天下竟有这么便宜的事？嫉妒得简直要吐血：这样的好事自己怎么碰不上？如果这片荒地以后全被李东顺开出来，那自己就更没有什么竞争力了。不行，一定要想办法把他这条路堵死。

看着李东顺在菜地旁边搭起的一个简易木棚，山本脑子里转开了：中国农民把房子看得特别重，我何不怂恿李东顺把这个木棚子拆了，把投资菜地的钱全用在这里好好盖座房？这样他不就没有能力再去投资什么菜地了吗？而且……

山本于是笑眯眯地对李东顺说："我给你出个主意，你既然看准了这个地方，就好好先把自己的窝搞好，来日方长，这么多地，够你开一辈子的了!"

李东顺疑惑地眨眨眼睛："这地方虽说没人管，可到底不是我的呀! 开地的话，我种一年的菜就有一年的收益，可如果盖了房，万一以后有人来管，我又不能把房子搬走，那钱不就白白丢了吗?"

山本给他打气说："这儿是自由国家，荒地上盖房，根本不用审批。"

李东顺一听，想想也是：自己在这里种了将近十年的地，一直没有人来管过，盖房子也应该不会有人来管吧? 李东顺多么想有一幢真正属于自己的房子啊! 不过真要动手，他还是有点害怕。

山本看李东顺犹豫不决的样子，怕他不上钩，心里着急，就假意安慰他说："你放心，我有个朋友是律师，我替你去问问他，到底能不能在这里盖房子，要不要办手续。"

其实，山本根本没有什么律师朋友，他也不会去问任何人，所以这么对李东顺说，只是想稳住他罢了。到了第二天傍晚，山本给李东顺打电话，诓说他已经问过律师朋友了，根本不存在任何问题，完全可以在这块地上盖房子，不需要办任何手续。

李东顺一听，简直高兴坏了，怎么也没有想到自己多年的愿望竟然这么容易就能实现，于是立即兴致勃勃地筹划起来。

山本一看李东顺终于中了自己的圈套，高兴得立即进行他的第二步计划，四处打听这块荒地的归属权究竟是谁的。东打听西打听，结果还真被他打听到了，这块地的归属权是一个叫布朗的先生，这家伙是个不学无术的花花公子，只知道挥霍不知道经营，所以才会有大片的土地荒在那里。

山本本想立即把李东顺私自占地种菜的事儿告诉布朗，但转念一想:慢,还是等李东顺把房子盖好了再去告发,谁让他抢了自己的送菜生意?让他损失越惨重才越好呢!可怜的李东顺,哪里知道山本刻毒的心思,还一心把山本当成自己的好朋友,盖房子的时候,很多问题都让山本帮着出主意。结果,房子盖起来了,李东顺的积蓄也花光了。

不过李东顺还是很开心,竣工这天,他从楼上走到楼下,从屋里走到屋外,绕着房子转了三圈,兴奋地对山本说:"真不敢相信,这么漂亮的房子会是我的,简直像做梦一样!"李东顺哪里想得到,其实山本笑得比他还开心。山本心里说:"你以为你真有房子了?你就是在做梦啊!"

从李东顺那儿回来,山本立刻给布朗打电话,如此这般一说,布朗开始还不相信:"谁敢这么大胆,私自占用我的土地?"

山本说:"布朗先生,您不用生气,其实这是好事情啊!您想,这地的所有权是您的,那儿本来是一片荒地,可现在已经开垦出了这么多菜地,外加一所房子,这些他姓李的又不能带走,您不是都可以收回来吗?甚至,您还可以要他拿出种了您这么多年地的赔偿啊!"

布朗一听:这话有道理啊!高兴得连声说"对"。布朗问怎么与山本联系,事成之后要当面道谢,山本当然不会说出自己的名字,立刻把电话挂了,然后就等着看好戏。

果然,第二天,李东顺给山本打来电话,几乎是哭着说:"完了,完了,荒地的主人突然找上门来了,不但要把地收回去,而且还要我赔偿。唉,我该怎么办哪?你快帮我想想办法吧!"

山本听了心里那个乐啊,不过口头上还是假心假意地安慰了李东顺一番。此后,山本假装关心,经常给李东顺打电话,李东顺情绪很坏,每天借酒浇愁,甚至还说自己想自杀,山本心里可高兴了。

那天,是周末的晚上,李东顺又打电话给山本,他在电话里垂头丧气地对山本说:"你有空吗?能来陪我喝一杯吗?"听声音,他简直就像是要与山本作最后的告别。山本很想去看看李东顺的惨状,挂了电话就往外冲。

可是两人一见面,山本顿觉意外,李东顺神采飞扬,状态好极了。

山本疑惑地问:"刚才在电话里,你的声音怎么那么悲伤?这到底是怎么回事?"

李东顺乐呵呵地说:"哈哈,老兄,那是我故意装的,想等你来了,给你一个惊喜。"

山本心里一个"咯噔":"什么惊喜?"

李东顺兴奋地说:"告诉你,以后这块地就真正是属于我的了!"

山本不相信:"这怎么可能? 这是真的吗?"

李东顺笑得嘴都合不拢:"当然是真的!"

李东顺告诉山本,这儿的法律有个时效占有原则,简单地说,就是你在没有获得物主同意下占用了土地,如果超过一定时间,便可以反客为主,成为这块土地的占有者。至于这个"一定的时间"是多少,每个州的具体规定是不一样的,李东顺所在的这个州是十年,李东顺恰恰刚刚符合条件,所以布朗只能收回李东顺还没来得及开垦的剩下的那些荒地,而已经开垦出来的,则就归到了李东顺的名下。

山本听傻了,站在那儿目瞪口呆,心里那个郁闷呀,真恨不得揍自己一顿。他心里懊悔死了,想想当初真不该鼓动李东顺去盖什么房子,真应该马上就去告诉布朗先生,因为那时候李东顺占地时间还不到十年,布朗先生是完全可以把它收回去的。

可山本的心思李东顺怎么知道? 第二天,李东顺打算约山本吃饭,好好谢谢他,可跑去一看才知道,山本昨晚突然吐血死了。李东顺好不伤心,他实在想不明白,山本平时身体挺好的,怎么会突然死了呢?

（阿　辞）

（**题图**：安玉民）

不死的慈善家

　　阿拉尔是当地出名的小说家，他居住的这个偏远小城多年来盗匪多如牛毛，但他却始终安然无恙。不少人觉得奇怪，可阿拉尔的老仆人心里很明白：阿拉尔是小说家，更是一个慈善家，他总是把自己为数不多的稿酬捐给那些苦难的人们。在这个极度贫苦的地方，像阿拉尔这样的人实在不多，人们拥戴都来不及呢，谁还忍心对他下手？当年，老仆人自己就是怀着对阿拉尔的极度崇拜之情，自愿做他的仆人的。

　　但是，几乎是一夜之间，慈善家阿拉尔却突然成了盗贼们关注的目标。这是怎么回事呢？原来阿拉尔平时一直喜欢买彩票，他渴望真主保佑能中大奖，用这钱来救助更多的穷人。虽然每周只买一次，每次只买一张，但他却整整坚持了二十年！果然,功夫不负有心人,二十年之后,阿拉尔买的这一期彩票终于中奖了,十万美元的奖金轰动了整个小城。

最先盯上阿拉尔的是他的邻居赛义德。

赛义德是个贼,这是人所共知的。赛义德下手前颇费踌躇,因为阿拉尔写作时需要绝对安静,所以他住的那房子建得就如同碉堡,四周没有窗,只有一道窄窄的门,老仆人整天将门看得死死的,如果没有阿拉尔的吩咐,任何人休想进门一步。不过,没有什么事情可以难住赛义德的,他眨了下眼睛就想出了主意:冒充阿拉尔,骗过老仆人昏花的老眼,闯入碉堡。

其实,模仿阿拉尔并不难。在这个男人普遍留须、缠厚重头帕、穿宽大半袍的城里,唯独阿拉尔是个例外,他虽然也蓄了满脸胡须,却不包头帕,而是戴一顶宽檐礼帽;不穿半袍,而是披一件黑色的斗篷。赛义德很快把这两件东西弄到了手,并披挂起来,对着镜子一照,活脱脱就是阿拉尔!

夜幕降临以后,赛义德来到阿拉尔碉堡样的家门前,"咚咚咚"敲响了门。老仆人果然中计,把赛义德当成了主人阿拉尔,他一边开门一边问:"先生,您不是出去喝酒了吗?怎么这么快就回来了?"赛义德心里一阵狂喜:自己居然一举骗过了看门人。他忙学着阿拉尔的口吻说:"瞧我这记性,出去才发现忘了带钱。"

就这样,赛义德顺利进入了阿拉尔的家。凭着做贼的感觉,他很快在房间里找到了阿拉尔那个装着十万美元奖金的黑皮包。打开一看,天哪,一扎扎崭新的美元晃得他眼花缭乱!他急忙拉上皮包拉链,把皮包夹在腋下,然后用斗篷遮住,大摇大摆地走了出去。临出门还不忘嘱咐老仆人一句:"看好门户啊!"

赛义德因为扮演的是阿拉尔,所以不便马上就回自己的家,他得找一个僻静的地方,扔掉这身行头……

话分两头。阿拉尔中奖后,另一个叫巴扎夫的贼匪也迫不及待要对阿拉尔下手,因为想不出更好的办法冲进阿拉尔的碉堡,又怕被别人抢了先,所以他干脆买了一枚手榴弹,打算炸开碉堡门,然后趁着硝烟冲进去强抢。

这会儿夜已经深了,明晃晃的月亮悬在天上,巴扎夫正走在去阿拉尔家的路上,迎面碰上了还没有换下阿拉尔行头的赛义德。巴扎夫不知内里,而且眼尖,他一眼就看见对方虽然披着斗篷,但腋下却鼓鼓的,准是夹着皮包。这皮包里装的是不是钱呢?巴扎夫的眼睛"骨碌碌"地转着,如果能在这里得手,又何必去大动干戈炸碉堡?

巴扎夫赶紧上前打招呼:"阿拉尔先生,这么晚了,您这是去哪里?"

赛义德愣了一下,才意识到自己的这身行头让对方错把自己当成了阿拉尔,可又不便解释,于是只能将错就错:"啊,我这是在散步。可是先生,我并不认识你呀!"

巴扎夫说:"可我认识您呀,您是大作家嘛!可您怎么夹着皮包散步?皮包里装的是……"

赛义德一惊,忙说:"没什么,一部书稿,送给出版社的。"

哼,见你的鬼吧,三更半夜的,去出版社送书稿?巴扎夫一边在心里冷笑着,一边挥拳就扑了上去。赛义德还没有弄清是怎么回事,脑袋上就挨了重重一击,两眼一黑,"扑通"摔倒在地上。

巴扎夫抓过皮包,打开一看,不由乐了。他朝赛义德身上狠狠踢了一脚,然后夹起皮包转身就朝灯火通明的市中心走去。他已经多天没有遇上一笔像样的"买卖"了,没想今天这么容易就得了手,可要好好喝一杯,犒劳犒劳自己。

再说阿拉尔,傍晚时候离开家门,是去找一个平时也热心慈善事业的警察朋友,商量那十万美元的奖金该怎么捐助,他真还没有一下子拿过这么多钱呢!他和那个警察朋友平时的生活都很简朴,难得在酒馆相聚,三杯酒下肚,彼此话就多了起来。捐助方案敲定以后,两个人都有些醉了,警察朋友坚持要把阿拉尔送回家,阿拉尔只好从命。

此刻,巴扎夫正得意洋洋地走着,不料迎面碰上了真正的阿拉尔来了。他惊恐地大叫一声,像中了定身法一样,再也迈不动脚了。他可以杀人不眨眼,却不能接受活见鬼这样一个事实:阿拉尔明明刚才已经被打死在郊外,怎么现在又活生生地出现在眼前?待看清阿拉尔身后还跟着一个警察,他就越发浑身冒汗了,赶紧抽出腋下的黑皮包递上去,说:"尊敬的阿拉尔先生,这是您的皮包。"说罢,转身就跑。

阿拉尔一怔:"我的皮包怎么会在他手里?"

警察朋友到底反应敏捷,二话不说,一个箭步扑了上去。

巴扎夫束手就擒,真相很快大白……

事后,阿拉尔的老仆人无限感慨:慈善家是不会死的,而想对慈善家下手的人,决不会有好下场!

(曲凡杰)

(题图:安玉民)

魔 高 一 丈

恶念是隐藏不住的,总有一天,深藏的奸诈会渐渐显出它的原形;罪恶虽然可以掩饰一时,却免不了最后出乖露丑。

上　钩

这天早晨,詹卡西先生坐在餐厅里一边喝着牛奶,一边有滋有味地看着当天的晨报。太太在忙着往面包上涂果酱,她见丈夫读报入了神,就问道:"亲爱的,报上有什么惊人的报道吗?"

丈夫头也没抬,随口应道:"哦,报上说,拉斯维加斯又发生了一起惊人的抢劫案,事主被劫17万元。歹徒如何得手,原因尚且不明……"

正在这时,女仆露西走到餐厅,打断了詹卡西的念报声:"先生,太太,有个陌生人说要见你们。"

詹卡西太太嚷嚷道:"这人真没教养,拜访人也不挑挑时辰。你把他打发走,就说我们没有空,别让他进来。"说着话,竟把一团果酱塞到嘴里。

露西有点为难了,说:"我让他在外面等,可这人问我们有没有丢钱。"

"丢钱?"正在看报的詹卡西一愣,稍思片刻,就赶紧对露西说,"那就叫他进来吧。"说着丢下报纸,擦了擦嘴,站起身就往客厅走去。

詹卡西太太瞪大了双眼,对着丈夫的身背后嚷道:"难道是你丢了钱,詹卡西? 可你居然一声不吭,你这个天杀的!"

这番诅咒,丈夫一个字也没听见,他早跑过去迎接客人了。詹卡西太太紧跟着也向客厅走去,在客厅门口收住脚,她看到那个陌生人正把一捆钞票递给詹卡西,说:"我揣摩着这是你们丢失的,因为只有像你们这样住得起别墅的人,才会有这么一大笔钱。"

詹卡西太太费劲地猜着:丈夫是从哪里搞到这笔钱的,为什么他要瞒着自己? 啊,这太可怕了,丈夫居然对自己不忠实。说来也怪,居然真有拾金不昧的人……

直到陌生人告别而去,詹卡西太太才从沉思中清醒过来。目送陌生人走远,她一屁股坐在沙发上一言不发,就等着丈夫的解释。

丈夫来到她的身边,赔着笑脸道:"对不起,亲爱的。昨天公司刚发了一笔奖金,可是我糊里糊涂给弄丢了,所以不敢告诉你。难道这不是上帝的旨意吗? 钱居然被送回来了!"说着话,丈夫小心翼翼地把一捆钱递了过来。

太太收了钱,这才转怒为喜,把钱点了一遍,锁进了家里的保险柜。可是过后,她心里不由得又犯起了嘀咕:不对呀,有哪个公司会发这么一大笔奖金? 足足一万元啊! 詹卡西太太平时有点马大哈的,可这次她却出人意料地细心起来,她决定要请私家侦探,解开这个谜。

一星期后,一份报告送到了詹卡西太太手中,上面有好消息,可也有不好的消息。好消息是,詹卡西先生为人循规蹈矩,没有外遇,只是找一个在警察局谋生的老同学鲍勃喝了几次酒;不好的消息是,丈夫所在的公司这段时间没有发过任何奖金。咦,这可怪了!詹卡西太太考虑再三,决定当晚要和先生摊牌,她可不愿意守着一个对妻子保守秘密的丈夫。

吃晚饭时分,丈夫准时回到了家。丈夫在餐桌旁坐定,詹卡西太太开始发难了:"亲爱的,你能不能和我谈一谈那一万元钱,到底……"

就在这时,门铃响了,露西疾步跑过去,很快她又跑回来,说:"先生,太太,那个人又来了。"

詹卡西太太一时没有回过神来:"谁?是谁来了?"

露西说:"就是前两天送钱的那位,他说给先生送钱来了。"

詹卡西太太一下子跳了起来:"什么,又丢了钱,又是他捡到的?"

夫妻俩一起来到客厅,只见那陌生人笑容可掬地迎上前来,说:"詹卡西先生,我刚才路过你家门口,发现门旁有一只皮包。我怕别人给拾了,就自作主张给你们送来了,你瞧,天底下真有这么巧的事!"

詹卡西接过皮包,打开来,掏出一叠厚厚的钞票。太太正暗自吃惊,只听陌生人说:"如果两位不介意的话,我还想送给你们一件礼物。"

夫妻俩忙抬起头来,呀,却见陌生人拿着一支精巧的小手枪对准了他们:"我说,最好站着别动,先生,太太,如果不想让我开枪的话。"

陌生人微笑着把一根绳子扔给呆若木鸡的詹卡西太太:"太太,请你把你丈夫和这个女仆给捆起来,你做这事比你丈夫要利索得多。"

一会儿,詹卡西夫妇和露西都被捆了起来。陌生人往他们嘴里塞着布条,得意地说:"对于一个没有丢钱而又问心无愧地冒领失款的人来说,这就是头等的报酬。我在拉斯维加斯干了十几回了,还没有一个人会拒绝送上门的钱的。"

说着,陌生人就径直向卧室的保险柜走去,詹卡西太太这下又气又急:原来这人就是拉斯维加斯的头号窃贼,他每次先奉送一万元,好让那些昧着良心的人收下,他也趁机摸清情况,甚至与事主交上朋友,所以,当他劫走财物后,事主惧于名誉,只好来一个"歹徒如何得手,原因尚且不明"。

十分钟过去了,陌生人夹着一个小包出来,打了个手势:"再见了,上钩的鱼儿。"

"你好,上钩的鱼儿。"锁着的门突然开了,一个拿枪的人带着好几个人走了进来。陌生人呆住了。

詹卡西太太这时也认出来了,拿枪人正是詹卡西的老同学——鲍勃!

（夏语谦　改编）

（题图:箭　中**）**

竞选市长背后的阴谋

　　威尔斯是安城市的知名律师,最近正在和一个叫艾略特的侦探小说作家竞争这个城市的市长,为了争取更多的选票,他对自己的一切行动都特别检点。两个月前,他曾经背着妻子在外面结识了一个叫萨曼莎的脱衣舞女,并且还在市郊一个僻静小镇上为她买了一套住房,所以现在每次和萨曼莎幽会,威尔斯总是仔细地给自己装扮一番,戴上大墨镜,粘上小胡子,怕被别人认出来。但随着竞选日益激烈,威尔斯还是感到再和萨曼莎交往下去,是一件非常危险的事。

　　这天,威尔斯悄悄来到小镇和萨曼莎幽会。激情过后,床头柜上的小闹钟急促地响了起来,威尔斯一看,时针正好指在自己惯常设定的九点三十分上。威尔斯抚着萨曼莎漂亮又有点幽怨的脸蛋，像是安慰又像是许诺道："宝贝，再忍一段时间，现在艾略特的民意测验支持率已经逼近我了，我不得不防着点儿，等我做市长了，一定正式娶你，让你也名正言顺地做一个市长太太……现在嘛，我还得回到我妻子身边去，毕竟在选民眼里，我可是一个爱情专一的人呦！"说罢，威尔斯穿衣下床，然后和萨曼莎以一个长吻告别。

在离萨曼莎小屋一百五十米开外的地方，有一家名为"鲨鱼"的超市。威尔斯那辆车号为"654321"的福特车就停在鲨鱼超市的停车场。当威尔斯走近自己的福特车，刚用钥匙开了车门准备上车时，他突然听到旁边一辆才停下的宝马车里，有人伸出头来招呼自己："威尔斯先生，是你吗？你怎么长胡子了？"

威尔斯顺着声音一瞧，原来招呼他的正是他的竞选对手艾略特。此刻，威尔斯有心想答应艾略特一声，一想不对，自己绝对不能开口，否则艾略特一旦传出去今天在这里遇见自己，那么妻子听到后一定会起疑心的，因为自己对妻子说今天晚点回家，是要在办公室里赶写一份竞选演说词。于是，威尔斯装作没听见，坐上自己的福特车，像离了弦的箭一样，驶离了现场。

这事转眼过去了一个星期，其间威尔斯几次遇见艾略特，可是艾略特都没提那晚的事。威尔斯就想：一定是艾略特当时以为认错人了。这样的结果，无疑是最理想的，威尔斯总算把心放了下来。

可是就在第八天上午，市警察局的毛姆警长却不请自来地走进了威尔斯的办公室。"威尔斯先生，"毛姆警长直奔主题，"八天前，也就是七月十九日晚上九点四十五分左右，你是不是在市郊鲨鱼超市停车场里遇见过艾略特先生？"

威尔斯心里一惊，不过表面上他显得很镇静，他装模作样地翻了翻工作记录本，眨眨眼说："警长先生，那天晚上我在办公室里写一份竞选演说词，一直写到将近十点，然后就回了家，我可没在什么鲨鱼超市停车场遇见过艾略特先生。怎么了,出什么事了吗?"

毛姆警长沉吟道:"现在还不好说。威尔斯先生,毕竟过去好些天了,如果你以后记起了与那晚有关联的什么事,请你务必在第一时间告诉我,好吗?"

威尔斯点点头:"当然,警长先生!"

可是,尽管毛姆警长认为"现在还不好说",但消息灵通人士还是把这不好说的事给捅上了媒体。原来,八天前的七月十九日那晚,在离鲨鱼超市十公里的地方发生了一起凶杀案:一位叫杰克逊的六旬老人被人掐死在自家客厅里。警方尸检证实,杰克逊是七月十九日晚上九点三十分到十点这个时间段被人掐死的。而老人的一个邻居反映,在九点四十分左右,有一个高个的中年男人在老人家门口出现过。按照这个邻居描述的相貌特征画出来的犯罪嫌疑人的模拟像,正好是艾略特相貌的"翻版"。可艾略特自称自己那晚到市郊去看望一个朋友回家,当时因为口渴,停车在鲨鱼超市买矿泉水,正好遇见威尔斯,而且还主动招呼过对方。艾略特求威尔斯为他作证,从而证明他根本不具备杀人的作案时间。

这一来,所有媒体都争相采访起了威尔斯,他们一个共同的问题是:"威尔斯先生,现在艾略特先生的命运几乎已掌握在你的手里。你会不会因为艾略特先生是你的竞选对手,而在作证时有所保留呢?"

威尔斯每次听罢这样的提问,总是掷地有声道:"这样的问题对我来讲是一种人格侮辱。撇开竞选市长不说,我至少还是律师吧?作为一名律师,作伪证的后果,我比你们更清楚……"其实,威尔斯每次这样振振有词的时候,心里也是有愧的,不过他给自己找了个体面的台阶:我如实作证的话,警方一定要调查我去市郊干什么,那样的话岂不使萨曼莎名誉扫地?由于威尔斯的这个态度,艾略特的支持率一落千丈,有些媒体甚至已经把威尔斯称之为"未来的市长"了。

还有三天就要正式投票了。这天上午,威尔斯正在妻子的陪伴下在商场为自己选购宣誓就职时穿的西服,突然,毛姆警长把他召到了警局。毛姆警长身边坐着萨曼莎,威尔斯还没来得及开口,萨曼莎就抢先道:"威尔斯,请你原谅,我把什么都告诉警长了,因为你这样作伪证,对艾略特来讲实在太不公平。而且你这种不顾法律道德的做法,也令我害怕……"

"你……你说什么?"威尔斯突然哈哈大笑起来。这时,毛姆警长插嘴道:"威尔斯先生,萨曼莎小姐透露的事实真让我震惊,开始我也不相信她说的是真的,可是她已经录下了你打给她的所有电话,所以你还是说实话的好。而且……"毛姆警长又向威尔斯展示了一张摄于七月十九日晚上九点四十五分前后的照片,那上面的背景正是鲨鱼超市停车场,威尔斯车号为"654321"的福特车和艾略特的宝马车同时出现在这张照片上。毛姆警长说,这是小镇上的一位摄影爱好者提供的,他向警方解释说,之所以直到今天才提供这张照片,是因为不关心政治的他,刚刚才从报上看到关于这个案子的报道。

于是,竞选市长的形势一下子发生了剧变,威尔斯不但市长梦彻底破灭了,而且司法部律师委员会也开始介入调查他作伪证的事。威尔斯终于意识到自己可能落入了某种圈套,他不服气地对毛姆警长说:"我承认我是作了伪证,但我敢肯定,艾略特也一定不是什么光明磊落的人。那桩凶杀案的凶手不是至今还没有找到吗?可是至少有目击者证实,案发前,一个长得很像艾略特的人在现场出现过。所以我提请你们注意,千万别像我一样被别人牵着鼻子走……"毛姆警长听后不置可否。其实作为警长,他心里也早就注意到了这一点,可是现在艾略特有了不在现场的证据,在唯一的嫌疑人被排除、且现场又没有留下犯罪痕迹的情况下,要想找到那个凶手并不是件容易的事。

但事情的发展往往又出人意料。这天是以绝对多数当选市长的艾略特宣誓就职的日子,毛姆警长作为嘉宾也应邀出席仪式,可就在艾略特准备发表就职演说的前一刻,毛姆警长突然收到一封来自邮局的退信,正是那个被谋杀的杰克逊老人被杀前一天写给艾略特的,只不过由于老人忘了贴邮票,才被邮局退回,并直接送到了毛姆警长手里。

信是这样写的:"尊敬的艾略特先生:我是你忠实的读者。我三个月前给你写的那封信不知你收到了没有? 这里,请允许我把我的情况再告知如下:我有一个肢体残疾的儿子,我一直鼓励他要坚强地面对生活,可不幸的是我自己又患上了绝症,病痛折磨得我痛不欲生。我不怕死亡,我希望早点结束生命,但我担心的是我死后儿子会怎么看,他会不会因为'一贯坚强'的父亲也自杀了而失去活下去的勇气? 在这种情况下,我想最好的办法无疑是我死于'意外',这样非但我逃避病痛的软弱行为将被掩盖,而且还可以为儿子留下一笔保险赔款。所以我就想到了你! 我希望你能抽空做件好事:想办法杀了我。反正我的疾病不容许我活多久了。当然,我也不会让你白干的,我的遗嘱中有这么一条:愿将本人三分之一的财产,赠予曾用优秀小说为本人不幸生活带来快乐的作家艾略特先生。这是一笔四万元左右的报酬! 艾略特先生,我看过你不少作品,我知道你在谋杀方面绝对是个天才,你一定能做得天衣无缝。看在我是你忠实读者的份上,请你抽空找个机会尽快杀了我吧! 永远崇敬你的杰克逊。"

事情再清楚不过了。毛姆警长看完信,立即让主持仪式的大法官中止了艾略特的新市长就职宣誓。

艾略特怒气冲冲地质问毛姆警长为什么,可是当他接过那封信刚瞥了一眼,脸色就一下子变得惨白。原来,当收到杰克逊的第一封信后,艾略特就觉得这是件可以利用的事,于是他便针对威尔斯好色的弱点,物色萨曼莎去勾引对方;作案前,他买通了杰克逊家的邻居,为"目击"他的存在作伪证;随后他从萨曼莎那里得知威尔斯照例九点四十五分要离开,便算好时间掐死杰克逊,随后驾车赶到鲨鱼超市停车场,去"邂逅"威尔斯;最后,艾略特还买通了小镇上的一个摄影爱好者,以便为自己奠定最后的胜局。可谁知智者千虑必有一失,艾略特做梦也想不到,等不及的杰克逊会给他寄出第二封求死的信,并且还偏偏忘了贴邮票!

世界上的许多事情真是又巧又不巧啊!结案后,接受媒体采访的毛姆警长这样说道:"权力在一些人眼里永远是可爱的,法律并不禁止人们争取权力,但获得它的途径必须正当合法,作为一个选民,我希望重新开始的下一轮选举,能在公正和没有阴谋的情况下进行……"

(吕新建)

(题图:箭 中)

新婚恶作剧

　　雷伊劣迹斑斑，是监狱的常客。这一次，他费尽心机，偷了一件连衣裙，男扮女装，总算从牢里逃了出来。可是，他前脚刚逃出大门，狱警们后脚就带着警犬追上来了。

　　雷伊这身打扮，自然不敢走大路，他连滚带爬地穿过一片松树林，暂时把警察甩在后面。可接下来怎么办呢，穿着连衣裙怎么见人？他趴在松树林边上朝外看，顿时像发现新大陆一样的欢呼起来——原来前面是一个酒店，有一片很大的停车场，只要抢到一辆车，就能安全逃脱，远走高飞了。

　　说来也巧，这时正好有一辆"突突"作响的老式轿车开了进来。这辆车已经挺旧了，模样怪里怪气，更滑稽的是，在车的后保险杠上有一块牌子，写着"新婚大喜"几个字。雷伊可管不了那么多,他估计这种车子容易打火,而且很少装有警报器什么的,正是自己理想的猎物。

车子停了下来,车门打开,里面走出一男一女,果然像是一对新婚的夫妇。他们说说笑笑地跑到车子后面,准备打开后盖取行李。雷伊在心里催着他们快点拿好行李进酒店去,把车留下。但那个新郎却突然停下来,用手抓起保险杠上的那块"新婚大喜"的牌子,大声骂道:"我要勒死我那个兄弟!我们从新奥尔良开到这里,一路上的人看到这块牌子,都把我们当成疯子了!"他喊着,打开行李箱把牌子扔了进去。新娘在旁边笑着问:"你弟弟什么时候把这牌子放上去的呢?我们怎么都不知道?"新郎气呼呼地说:"还不是趁着给我们擦车的工夫,把那块板子贴上去的!他从小就喜欢恶作剧,这次我还以为他发了善心呢,结果狗改不了吃屎!"新娘说:"这个促狭鬼,应该关起来才是!我们回去以后再找他算账吧。"

这时候,远处追捕雷伊的狱警们又赶上来了,狗叫声越来越响,雷伊急得满头大汗。

那个新娘也听到了动静,问丈夫:"你听,狗叫得很厉害,出什么事了?"新郎侧耳听了听,说:"别管它,咱们进酒店去吧,我都累坏啦!"两个人从行李箱里拿出行李,有说有笑地走进了酒店。

他们刚一进屋,雷伊像是听到了发令枪,用百米冲刺的速度奔向汽车。几秒钟之内他就把车发动起来,开上了公路。听着后面的狗叫声渐渐远去,雷伊的脸上露出了笑容。更让他高兴的是,他在车的后座上找到一件男式夹克和一条羊毛毯,他穿上夹克,把毯子盖在腿上,刚好遮住了原来的连衣裙,这下即使有人看见他,也不会产生怀疑了。

一个小时后,雷伊发现油箱快空了,只好开车从大路上下来,准备找一个修车铺。不久,他在一个小镇边看到一个破旧的加油站,就把车慢慢开了进去,还"嘀嘀"揿了两下喇叭。

一个穿着法兰绒衬衫和牛仔裤的姑娘从一辆别克车下面钻出来,跑到车前,问:"需要帮忙吗,先生?"

雷伊瞪了她一眼,没好气地说:"检查一下油路,把油箱加满,快一点儿,我可没多少工夫。"

那姑娘也瞪了他一眼,走到一个车门那儿,从把手上抓过一条纸巾,然后向他吆喝:"你不把车盖弹开,我怎么查看油路!"

雷伊一边在心里骂:"死丫头,看我以后回来收拾你!"一边手忙脚乱地在控制盘上找,好一会儿才找到了打开车前盖的按钮。

那姑娘冷冷地看着雷伊忙活,然后慢吞吞地检查了一下油路,说:"油路没有问题,不过油快完了。"说完,她关上车盖,顺手把刚才那条纸巾塞进口袋,转身朝油泵走去,她边走边扭过头又打量了一下雷伊。

雷伊顿时紧张起来,他低下头假装看地图,但心里却七上八下怦怦乱跳:莫非这个姑娘认出了自己?她怎么会怀疑我呢?难道是广播里已经播了我越狱的消息,她知道逃犯的长相特征?

雷伊还在胡思乱想,那个姑娘已经走了回来,不急不慢地给车子加好了油,然后又问:"还有事吗?我要关门啦。"

雷伊暗自松了一口气,连忙大声说:"行啦,行啦!"

姑娘点点头:"那好,连汽油一共是20块。"

雷伊本打算不给她钱,开车就走。可是转念一想,那样的话,姑娘一定会打电话让下个关口拦住他,这就贪小失大了。于是他皱着眉头,把钱给了那姑娘,然后发动车子重新上路。

可是车子才开上公路没一会儿,油箱里突然发出"劈劈啪啪"的爆响,然后便停下来不走了。雷伊的心跳到了嗓子眼,他转动钥匙,一次又一次试着发动车子,可是车子就像是死了一样,一动也不动。他怒气冲冲骂道:"该死的!"从车里跳出来,想要检查一下车子。

就在这时,警灯闪烁,警笛声声,两辆巡逻车从天而降。雷伊见势不妙,撒腿就跑,但身后的警察开枪向他发出警告,他只好乖乖地停下来,站在那儿。一大群警察蜂拥而至,两个警察把他摁住,另一个警察拔下车钥匙,迅速打开行李箱,然后向其他人喊道:"里面什么也没有!"

可是那两个警察并没有撒手,仍然如临大敌般的用手铐铐住雷伊的手腕。雷伊气急败坏地叫骂道:"一定是加油站那个臭娘们告的密!她去弄油的时候给你们打电话了,是不是?她一定是看见了我穿着牢房里的裤子!"

那个警官惊奇地看着他的裤子,说:"不是,她倒没提你的衣服,她不知道你就是那个逃犯。"雷伊简直要气疯了:"那她为什么报警?啊?我的脸上写着'坏蛋'两个字么?"

这时,刚才加油站那个姑娘从后面跑了过来,她来到警官身边,从口袋里拿出一张纸条,上气不接下气地说:"这就是我给你说过的那张条子。"

雷伊发现这张纸条就是刚才凯丽从车门上拿走的那张纸巾,原来上面还有字呢。他伸着脖子去看那上面写着什么,霎时脸变白了,只见上面分明写着:"救命!我被绑架!这是真的!"雷伊扯着嗓门喊道:"活见鬼!我根本没绑架过什么人,连个耗子也没有!谁这么缺德啊?啊?"警官朝他喝道:"闭嘴!"

姑娘解释道:"刚才我给这位先生检查油路时,发现这纸条就贴在后车门的把手上。开始我闹不准要不要把它当回事儿,可我真的担心行李箱里会装着谁的尸体。而且他找了好半天才找到引擎盖开合钮,我就猜想最起码这辆车不是他的,而是偷来的,报警准没错。"

警官呵呵地笑起来:"所以你就给他的油箱里灌了柴油?"

姑娘点点头:"在加油站,我只有一个人,没办法治住他,所以我用柴油代替汽油灌进了他的油箱,等原来的汽油烧完后,柴油流进去,车子就开不动了。可我不明白这张条子是什么意思,难道没有人被绑架么?”

可是雷伊却再明白不过了。这是一个恶作剧!这个恶作剧的作者不是别人,就是那个新郎的弟弟——他在车后贴了块“新婚大喜”的牌子,又在车门的把手上贴了这张纸条,是想和哥哥嫂子开个玩笑,让他们被警察扣下来盘问一番。

雷伊敲着自己的脑袋,恨恨地骂道:“我偷谁的车不好,偏偏要偷这辆要命的老爷车呀!恶作剧,该死的恶作剧!”

（陆建东　改编）

（题图:箭　中）

神秘的铃兰草

　　小山敏雄今年二十七岁，长得英俊高大，是许多女孩子心中的白马王子，可是他却偏偏上门做了水野久美子的再婚丈夫，并且把自己的姓都改成了妻姓"水野"。明眼人一看就知道，这个水野纯粹是冲着久美子的财产来的，因为久美子的容貌不算漂亮，而且丝毫没有女人的魅力，可是却开着一家相当规模的现代化的制药公司；而水野虽然大学五年专门攻读经济学，可如果完全靠他自己的努力，要什么时候才能熬出头，才能去经营一家属于他自己的企业？水野现在这样做虽然有些委屈自己，但权衡利弊，他觉得值。

　　不过令水野始料不及的是，成婚以后，久美子并没有把自己的董事长地位让出来，她只是给了水野一个常务董事的职位。

其实这只是一个虚名,公司的命运一如既往仍然全部操纵在久美子的手中。水野曾经试图与久美子对抗过,但毫无用处,他又没有勇气与久美子的巨额财产说"拜拜",于是只好选择了放弃。不过他心里总有一丝不甘,所以常常不由自主地在心里诅咒久美子早点死掉,好让他独掌财权。为这,他还不止一次地醉倒在酒桌上。

这一天,水野正在办公室里百无聊赖地打发时间,突然电话铃响了,是一个男人的声音:"是常务董事先生吗?你想杀死夫人对不对?"

"你说什么?你是谁?你一定弄错了吧?"水野的神经一下子绷紧了。

"我不想听你辩解啦,反正你想谋害夫人是事实。你能不能听我一个建议?"

水野默不作声,他脑子飞速地转着,拼命回忆这到底是谁的声音,可是想不起来。

"啊,我想你是默许了。"对方的声音倒是显得很轻松,"那么,就让我来替你干吧。如果你接受我的建议,明天早晨请你在自己办公桌的花瓶里插上一支铃兰草。明白吗?是白色的铃兰草!"说完,对方挂上了电话。

"董事先生,有什么事吗?瞧你都出汗了!"这时候,水野的秘书优子小姐站起身来,娇声问道。

"是吗?我有点累了。"水野接过优子递过的手绢擦了擦额头,满脑子都是刚才电话里的声音:"铃兰草!插上一支白色的铃兰草……"

这天晚上,水野一夜没睡好,他翻来覆去地琢磨这个神秘的电话,会不会是久美子故意派人来试探自己?思来想去,他决定保持沉默,他认为这是最聪明的办法,不管是谁,他想看看对方下一步怎么办。

　　第二天,水野像往常一样来到办公室,一进门,突然就愣在了那里。为啥? 他办公桌上的花瓶里,竟然已经插上了一束白色的铃兰草!"这、这是怎么回事?"他不免紧张起来。

　　"啊,是北海道的一个朋友航空寄给我的,"秘书优子讨好地说,"你看,有多美呀,我特地给你插上的。"

　　"啊!"这是偶然的巧合还是命运的安排? 水野一时惊呆了。突然,他回过神来:这样岂不更好? 不是自己亲手插的花,如果真要有什么事的话,有优子担着,也查不到自己的头上。于是他回报优子一个殷切的笑容:"多谢啦!"随后便坐下来打理自己的事情。

　　一整个上午,水野都有点坐立不安。果然,在将近中午的时候,他接到了警局的通知:久美子突然被杀,凶手是公司秘书科的渡边。水野赶回家时,屋内屋外到处是警察,带队的山内警部对他讲了事情的经过。原来据凶手渡边自己交代说,数月前他就和久美子勾搭上了,两个人经常幽会。久美子有一个怪癖,每次当他们在一起偷情到了高潮的时候,久美子总是叫渡边掐她的脖子,这一次也不例外。可是这次完事之后过了很久,也不见久美子醒来。渡边一试她的呼吸,竟然已经死去。渡边本打算马上逃离现场,可是转念一想,屋里除了指纹,还留下他的许多其他痕迹,要把它们全部销毁是不可能的。无奈之下,他只得向警局自首。

　　听完山内警部的讲述,水野的思绪纷乱如麻,连他自己也无法理清。他不得不同时面对两件事情:一是久美子竟然瞒着他找了情夫,而且还是他的部下,虽然他并不爱久美子,但毕竟有男人的尊严,他不能容忍久美子对自己不忠,所以他对此异常愤怒;再就是昨天那个奇怪的电话,这和久美子的死到底有没有关系呢?

　　水野正心烦意乱时,山内警部开口道:"很抱歉,在夫人不幸亡故的悲痛时刻,我还想问你几个问题。"

"啊,请说吧。"水野强打起精神。

"冒昧地问一句,夫人和你在一起的时候,是不是也要求你掐她的脖子?"

水野默然不语。

说实话,他们俩的夫妻关系从一开始就很淡漠,他从来不知道久美子居然还有这样的怪癖。可是如果照直说,别人会怎么看他? 他想了想,朝山内警部点点头,说:"既然说到了这一点,我就告诉你吧,那确实是妻子的怪癖。"出于男人的虚荣心,水野说了谎话。而且他也没有告诉山内警部关于那个电话的事情,因为他不想多此一举,自找麻烦。

第二天,警方以"杀人嫌疑犯"的名义将渡边送交地方检查署。考虑渡边并无杀人动机,而且被害者的丈夫也证实被害者确实有掐脖子这个怪癖,加上渡边又是自己去自首的,结果,检查署仅以"过失致死罪"对渡边起诉,最终处以罚款。不久,渡边便被保释出狱了。

这期间,水野理所当然地坐上了制药公司的第一把交椅,并且在久美子的周年忌日刚过,就迫不及待地娶了他的秘书优子为妻。

水野一直记着优子送他的那束白色的铃兰草,一切能如愿以偿,他认为这是优子给他带来的幸运,他感谢优子。

可是舒心的日子过了没多久,水野的好心情被一个电话破坏了:"是常务董事先生吗? 哦,不对,现在应该是董事长先生了! 我是渡边,你还记得我吗?"话筒里传来一个熟悉的声音。

"渡边?"水野心底里的阴影迅速扩张开来:这小子怎么现在突然想起给我打电话? 准没有好事! "啊,好久……好久不见了,怎么样,你……你还好吗?"他在电话里喃喃地应答着。

"托你的福,我还活着,只是……我今后的生活还想请你多多关照哪!"

"你这是什么意思?"

"你可真是忘恩负义啊! 你难道不记得当初铃兰草的暗号了吗?"

"……"水野一听脸色惊变,一时说不出话来。

"喂喂!"渡边在电话另一头喊叫起来,"无论如何,今晚8点钟,在你家南边的河堤吧,我们就这件事情好好商谈一下。8点钟! 啊,如果你不来,明天我就登门拜访,向尊夫人……"

渡边的口气咄咄逼人,水野连忙打断说:"好好好,我去!"

现在看来,当时那个电话肯定就是渡边打的了。渡边为什么要如此卖力地帮自己干这件事呢? 水野思前想后,唯一的解释就是要钱。水野心里明白:对付这种泼皮,最好的办法就是把他送到警局,否则将会带来没完没了的纠缠。反正久美子的死自己没参与过任何行动,怕什么! 他拿起电话就要报警,却被优子挡住了。优子劝他,关于久美子的死,虽然渡边自首了,但公司里对水野的议论却是沸沸扬扬,多一事不如少一事,就给渡边一笔钱,把他打发掉算了,也许事情也就到此为止了呢? 优子一边劝说着,一边就利索地拿出一笔钱交到水野手里,把水野送出了家门。

可令优子万万想不到的是,水野这一去就再也没有回来。第二天,人们在南边堤下的河里发现了一具漂浮着的尸体,根据警方调查的结果,死者就是水野制药公司董事长水野先生。

优子一眼认出丈夫的尸体,当即就昏了过去,醒来之后她失去了记忆,无论警方问什么,她都回忆不起来了。警方未能查到凶手的任何线索,这个案子只能挂了起来。

半年以后,优子耐不住一个人孤独的日子,便把水野名下的股份和不动产作了安排,然后乘飞机飞往自己的故乡札幌。

下了飞机之后,一个三十多岁的男人接优子上了一辆出租车,一同前往札幌市区。两人在车里紧紧相拥,男的说:"咱们总算在一起了,真亏了你当初能想出铃兰草这个主意呢!"

优子嫣然一笑:"是啊,总算在一起了,你不知道,这段日子我是怎么熬过来的!"

突然,优子发现司机驾驶台上也插着一束铃兰草,不过却是红色的,她不禁好奇地问:"那是铃兰草吗? 怎么会是红色的呀?"

"是呀,"司机若有所思地答道,"我把它浸在红墨水里,一夜就染红啦。"

"啊,原来是这样啊,这个颜色还真有点可怕呢,血红血红的……"

那司机立刻接口道:"可不是嘛,有些人吸了鲜红的人血,突然成了大富翁,那些家伙的脸上手上,不都是这种血红血红的颜色吗?"

"你……"优子觉得司机的话怪怪的。突然,她从后视镜里发现,这个司机的脸非常熟悉。是山内警部? 不错,他就是山内警部! 几乎是与此同时,坐在优子身边的男人脸色也变了。不用说你也能猜出来,这个男人就是渡边。优子的失忆是装出来的。

一件悬案终于真相大白!

(董　轶　改编)

(题图:箭　中)

手脚不干净的人

　　达文是个21岁的小伙子,刚刚工作,看见同事个个都是名牌加身,心里十分羡慕。可凭自己现在这一点薪水,怎么买得起这些东西呢?

　　一个周末,达文在街上闲逛,看见服装店的橱窗里陈列着一件意大利名牌皮夹克,那款式,那颜色,那质地,都是没得挑的,想象着这件衣服穿在自己身上那温文尔雅的感觉,再低头看看自己这件穿了三年的冒牌皮夹克,一想到自己囊中羞涩的窘境,他心里无比惆怅。"不行,我必须得到它,我不能空手离开这里。"达文实在太喜欢这件皮夹克了,他决定铤而走险。

　　进入商店后,他旁若无人地从几名身穿制服的保安身边走过去,径直走向大型皮衣展示台。他精心挑选出那件和橱窗里展示的一模一样的皮夹克,举在手中仔细观瞧。哇! 好绝对是好,可价格果然贵得惊人,相当于自己几个月的薪水!

"需要帮忙吗,先生?"一名售货员走上前来,毕恭毕敬地问。

"哦,我想试试这件衣服。"达文装出一副从容的样子,拿着皮夹克在售货员眼前晃了一下。由于是周末,商店里的人很多,售货员朝他点了点头,就忙着招呼其他顾客去了。

达文不急不忙地走进旁边的更衣室。他知道,商店的衣服上都有磁条,这些磁条会在商店门口触发探测器警报。可他早已想好了对策,脸上掠过一丝笑意。他有条不紊地检查着衣服,摘掉上面每一个有黏性的磁条,袖子上的、衣领上的、腰带上的和口袋里的,无一漏网。为了保证万无一失,他又仔细复查了两遍,确定真的没有了后,才很满意地把衣服往自己外套下面一塞,接着大模大样地走出了更衣室,朝装有探测器的前门走去。

哈哈,上帝保佑,没有人注意他的行动。达文心想:再有几秒钟,我就自由了!

可还没来得及高兴完,突然一阵尖利刺耳的警报声响了起来,达文吓得僵住了。

一个强壮的保安不知道从什么地方钻了出来,他一把抓住达文,说道:"站住,孩子,让我看看什么东西把警报器弄响了。"

达文实在有点摸不着头脑:难道我没有拿掉所有的磁条吗? 怎么可能会漏掉呢? 我已经检查过几遍了呀! 当保安开始搜他身的时候,他一言不发地站立着。

保安拉开达文那件臃肿的外套上的拉链,抽出那件名牌皮夹克,看了达文一眼,说:"孩子,你真以为能带着偷来的东西离开吗? 那些磁条只是陷阱而已。"

保安的手在夹克上摸索着,突然,他惊叫一声:"怎么回事?"接着,又摸了一遍皮夹克,眼睛死盯着达文,一字一句地说:"上面没有磁条。"

达文也觉得不可思议：既然皮夹克上所有的磁条都被我取掉了，那警报器为什么会响呢？这不合常理啊！他脑子一转，赶紧抓住机会说："是的，刚才买这件衣服的时候，售货员已经把磁条取掉了。现在又发出声音，也许是你们的探测器出了问题。"

保安显然不相信达文的话，追着他问："你想悄悄拿走这件衣服，是吗，孩子？要不，你为什么不把衣服拿在手里，而要塞在自己衣服下面？"

达文决定继续撒谎："没有，先生，这件衣服是我为我的兄弟买的；他在街上等我，我不想让他看见我买的是什么，我想给他一个惊喜。"

保安摇了摇头，问："有发票吗？"

达文耸耸肩，说："丢了。"

保安冷笑一声："哼，你骗谁呢？这种游戏我们见多了！好吧，请你再试一次。"保安让达文把皮夹克放到陈列柜上，人从警报器面前经过。

达文不得不照做，果然，警报器再次响起。

保安重新把皮夹克检查了一遍，但依然没有发现磁条。这到底是怎么回事呢？保安挠了挠头，上下打量达文，目光集中在他那件旧衣服上："你还偷了别的什么吗？"

"没有！"达文口气很硬，但他心里在怀疑：是不是不小心把一个磁条卡在自己的衣服里？

这时，保安又发出了新的命令："好吧，孩子，脱掉你的衣服，再从探测器面前走过去。"

达文按照要求做了，警报器再一次响起。

这下达文终于彻底放心："看看吧，肯定是你们的探测器出问题了。"说这话的时候他显得洋洋得意，已经准备带着他偷来的皮夹克离开了。

可保安又提出了新的要求："让我看看你的鞋，孩子。"

"我的鞋?"这个要求不怎么可怕,达文迅速照办了。他把鞋子脱掉,交到保安手上。保安把鞋翻过来,但见每只鞋的底部都粘着两个磁条!

达文惊讶得嘴张得老大,一句话也说不出来。

保安笑了:"我光听说过有手脚不干净的人,可从没听说过还有不干净的鞋! 对不起,孩子,请跟我到警察局走一趟。"

（霍革军　编译）

（题图：箭　中）